月满天心

著

从前日色慢

山居岁月

江苏凤凰文艺出版社

JIANGSU PHOENIX LITERATURE AND
ART PUBLISHING

图书在版编目（CIP）数据

从前日色慢：山居岁月 / 月满天心著. -- 南京：
江苏凤凰文艺出版社，2021.9
ISBN 978-7-5594-5689-2

Ⅰ.①从… Ⅱ.①月… Ⅲ.①散文集 – 中国 – 当代
Ⅳ.①I267

中国版本图书馆CIP数据核字(2021)第053736号

从前日色慢：山居岁月

月满天心　著

责任编辑	白　涵	
特约编辑	谢婧怡	
装帧制作	小　T	
责任印制	刘　巍	
出版发行	江苏凤凰文艺出版社	
地　　址	南京市中央路165号，邮编21009	
网　　址	http://www.jswenyi.com	
印　　刷	北京中科印刷有限公司	
开　　本	880毫米×1230毫米　1/32	
印　　张	8.75	
字　　数	100千字	
版　　次	2021年9月第1版	
印　　次	2021年9月第1次印刷	
书　　号	ISBN 978-7-5594-5689-2	
定　　价	49.80元	

江苏凤凰文艺版图书凡印刷、装订错误，可向出版社调换，联系电话025-83280257

第二章：一蔬又一味

第三章：草木有心

第四章：围炉夜话

第五章：村庄奇谈

第一章

小村物语

○
柴门之内

　　我奶奶家住在小河边上，小村子里有数的几户人家分成两批，房子都是就势而建，有几户是靠东边，背后是山。有几户是靠西边，距离小河近一些，年深日久，河已经干了，成了一条河道。我叔叔在河道的宽阔地用几根圆木围了一圈，形成一个矮栅栏，将牛圈在里面。牛憨憨傻傻，栅栏很矮，它们随便一抬腿就出来了，但是它们认可这个圈，从来也没有越狱过，太省心了。

　　山村里的房子都矮，也窄，三间小小的青瓦屋，我总怀疑高个子怎么进房，太矮了。院子也小，围墙也矮，到大人腰间，闲了可以和邻居说说话，外面的青山毫无遮挡，夏天的时候一片翠绿，外面什么样，院子里就什么样，尽入眼底。生活在这里，眼睛太有福气了，看山看雪看月亮，视线永远宽阔。

院子里有一棵山楂树，粗大的树丫上挂着一个竹编的鸡笼，鸡笼很舒适的样子，垫着厚厚的稻草，但白天是看不到鸡的，它们四处游走，刨开草根找虫子吃，天一擦黑就陆续回来了，直接飞到树上钻进鸡笼去睡觉。早上它们走后，可以去笼子里摸一下，会有几个鸡蛋卧在那儿，这是鸡们存在的最大价值——源源不断地提供蛋白质。

鸭子也一样，鸭子比鸡们走得更早，它们喜欢排着队，摇摇摆摆直奔河边或者池塘。它们太聪明了，干旱时村子里仅有的水源也能找到，鸭子是最不着家的，鸡偶尔会回来啄点撒在地上的小米吃，还趁人不注意溜进菜园子偷吃青菜，所以鸡老挨打挨骂。鸭子们就不会，它们野出去就一天，晚上天都黑了还不回来，于是每天我都被奶奶喝令去接它们回来。

我拿着木棍，带着包子去找，有时候在水渠里找到它们，有时候与它们相遇在路上。它们大摇大摆，斜睨着眼睛，对我的怒喝完全不在意，天生高傲。但是它们每天把自己洗得白白净净的，浑身散发着清凉的水气，其实很可爱，我也舍不得真打它们。

鹅跟鸭子不一样，鹅都要关起来，它们太凶了，偶尔跑出去，我也不敢打它们。包子敢对小鸭子们吼叫，见了大鹅们吓得躲在我身后，大鹅太厉害了，它们昂着高傲的头颅，看谁不顺眼就上去啄一口，力气大得惊人，大鹅是家里的霸主，狗和猪完全不是大鹅的对手，连小孩都怕大鹅，只有牛不怕——是因为牛体积大，不怕疼。

围墙的作用不是保护，是为了宣示家的范围。

我爷爷同样用圆木做了一扇柴门，木头很结实，绑得也很结实。横横竖竖的木头用绳子绑在一起，我不知道我爷爷是怎么把门做出来一个轴的，这样开门关门的时候会很轻松，几乎是轻轻一拉，散发着木质香气的柴门就自己滑动，稳稳关上了。

这个简易的柴门作用也有限，首先它很矮，比我还矮；其次它是通透的，开和关并没有区别。我相信如果大人发一下飚，一下子就能将这个柴门拎起来扔到一边儿去——自然是不会有这种事。

小小的柴门，打开是无限的世界，关起来就是一个家，小房子，亲人和热乎乎的饭菜，有鸡鸭鹅，一只狗三只猫，一院子的青山。

我对这个门的兴趣大增，于是尝试着推着玩儿，从这边推到那边，又从那边推回来。后来我尝试着骑上去，呼啦一下飞到这边，脚点一下地，又飞到那边，像坐过山车一样，"飞"的时候风在耳边呼呼作响。

这个游戏我每天玩得乐此不疲。

后来邻居家讨厌的男孩子强子来了，他跟我一样大，但是个子比我高，也比我壮，我打不过他，就尽量躲着他，不招惹他。

但他总是招惹我，看我骑在矮门上悠过来荡过去，他大概是太羡慕了，又没有理由让我下来让他骑，毕竟这是我爷爷家。于是他站在门边上，等我荡过来他就伸手打我一下，我赶紧荡到另一个方向，但是这个门轴太灵活了，惯性使然我很快又回来了，于是他又打我一下。我又愤怒又疼，大声骂他，让他滚，他怎么会听话，我让他滚，他偏不滚。

包子听到我的喊声从远处窜过来，又飞快逃走了，这只尿狗，比我还尿。最后我实在受不了了，他打得我太疼了，我就带着包子飞快地跑了。他也没追，我个子小，但是跑得快，谁也追不上。

我很多年都不能原谅强子打我这件事儿，想起来就愤愤不平，但是他有头疼病，后来我离开很久之后，听说他有一次头疼病犯了，他妈妈背着他，没跑到医院他就没了。

这个消息让我忧伤了很久，再也没有怪过他了。人和人之间，从出生就是不公平的，他看起来那么强壮，却带着严重的头疼病而来，他心里也很难受吧？

那扇柴门总让我想起他，后来爷爷把柴门扔了，换了两扇黑漆漆的铁门。那扇被扔掉的柴门，和那些有小强子气息的岁月，都飞逝而去，被新的岁月代替了。

○ 炊烟

　　我每到傍晚就会忧伤。暮色就像一个不讲理的人，带走了明亮，尤其是太阳落下去了，青山变成了隐隐的轮廓，鸟飞了一天，也都倦了，各自回家。天空和大地一样安静，一切都失去了最初的样子。我意识到傍晚的无可回避，就像人生的烦恼无可回避一样。

　　这样的时刻，如果还在野外，旷野孤独，苍茫如幕，星月还在试探中，真正的夜色也没有来临，孤独感一下子就冲出来了，让人心里发慌。

　　有时候在山上，贪玩忘记了时间，天空好像忽然暗下来，就踉踉跄跄向家里跑，好像跑慢了家就没了，就会无处可去，只能在天地间流浪。

　　只有炊烟可以治愈，苍茫中远远见一缕炊烟升起，心里就充满了安全感，就不急着跑了，因为炊烟在前面等你。

在山上，望着远远的家，房子模模糊糊，只有炊烟是清晰的，纵然还有很远的路程，也能分辨出一村子的炊烟中，哪一缕炊烟来自自己家，在炊烟的召唤下，内心宁静下来。

薄薄的一层暮色覆盖着世界，总是先有一缕青烟飘飘荡荡上了天空，融入一片墨蓝中，紧接着又有一缕炊烟加入了，全村的烟囱都投入工作中，袅袅输送出炊烟来。

如果此时谁家的烟囱还安静着，就未免令人着急了，难道爸爸妈妈没在家吗？那晚饭怎么解决？

炊烟是一滴墨，加了很多很多清水，于是变得很浅淡，被清风这只无形大手笔锋一转，就在天空的宣纸上洇开了一缕青烟。

晴天的炊烟是青色的，笔直向上，袅袅婀娜；阴天的炊烟是淡墨，小风吹来，弯弯曲曲；烧木柴时炊烟清淡，是仙女的裙子；烧玉米秸时炊烟浓郁乌黑，像是妖怪来了。但是无论如何，炊烟都是一直向上飘的，直到融入浩瀚天空。

我有时候会盯着天空想，这么多的炊烟，到底都飘到哪里去了？它们怎么慢慢就消失了呢？自然是天空太辽阔，太包容，所以容纳了这么多人间烟火后依然澄明清澈。

陶渊明在地里忙碌一天之后，见天已黄昏，暮色苍茫，抬头望见远处炊烟升起，便感叹一句：

暧暧远人村，依依墟里烟。

远处的村落在暮色里已经有点模糊，但是小村子上空袅袅上升的炊烟，如同一份温柔的抚慰。

炊烟安一份心，是一份归家意。

伴随着炊烟升起，深巷里响起狗叫声，归巢的鸡也在树顶轻轻鸣叫，等待进入梦乡，一个山村的夜晚马上来临。

炊烟带来了恬淡的山村况味，炊烟也带来了一些急切，随着炊烟升起，满村就响起来叫孩子的声音。谁家的小淘气还没有回来，大人就站在高坡上高呼一声，某某某，回家吃饭啦。凌乱的呼喊声响彻小山村，将归巢的鸟吓得扑棱棱又飞起来，小鸟们企图探寻一下发生了什么。

也有出来寻找鸡鸭鹅的，每日在傍晚准时回家的鸡少了一只，说不定就被谁误关进了自家鸡笼。鸡傻兮兮的，关在哪里就在哪里睡觉，也不知道叫一声，非要等主人寻到，得到一份特殊待遇——被抱回家。羊也有跑错家门的情况，主人用盐喂羊的时候会数一遍，数来数去不对数，赶紧趁着夜色没有来临出去寻，真入了夜，就看不清了。牛不会走丢，是最省事的，牛的数量少，屈指可数，根本不可能丢。鸭子也不会丢，鸭子太晚不回家就是贪玩，欠揍，要提着棍子去池塘轰它们。

等夜一下子笼罩四野，孩子和鸡鸭牛羊们都回家了，鸟也终于不受惊扰，叽叽咕咕睡觉了。人和动物，所有的一切都在炊烟升起落下之间，回到了自己的家。

天空到大地，都真正安静下来。

此时，炊烟细弱而淡薄，时断时续地连接着天空与大地。你以为它很快就消失了，可是一餐饭都吃完了，借着月光来到院子里，还能看到屋顶上一丝似有若无的轻烟在微微消散，所有柔软的一切，都更有力量，一缕烟何其弱小，但是它似乎散不尽。

炊烟升起，日子就热腾腾继续，炊烟升起，牵动着游子的心，也温暖着漂泊的意。炊烟是山村的灵魂，炊烟也是乡村的诗歌。

人这一生，或许走过沧桑与坎坷，或许走过江河与湖海，走过山，走过桥，走过伤痛走过喜悦之后，故乡一缕炊烟，是心与身双重的归宿。

炊烟，美在全力以赴地离开和拒绝，它是人间烟火，却在远离人间的过程中展现出最美最轻灵的姿态。

有血的小卖店

　　每次路过小卖店都觉得甜，哪怕什么也不买，总有一份甜的希望在里面

　　小卖店是村子里最矮的那个人开的，他一条腿是废的，走路诡异，慢慢长相也变得很凶。他做不了重活，就开店为生，间或做做裁缝。在种地为生的小山村里，他竟然也能养家糊口，生活得不错。

　　他对小卖店里的食物严防死守，态度坚决，谁也别想白吃。别说我了，就连他的女儿和我同岁的小燕子，也很难在那个神秘的小房间里讨到一颗糖吃。我们俩经常远远观望那间屋子，走近了还经常挨骂，他爸对她是真凶，对我还好些，但是也不给糖吃，店里的糖太有限了，珍贵得很。

那是一间小小的厢房，摇摇欲坠，屋顶生着东倒西歪的草，房前屋后也有草，但是那草长得很好看，葳蕤飘逸，叶片修长，将台阶都覆盖着，不修剪也不让人讨厌。

这么小的房间，还有一个夹层，就是主房间后面又有一层，中间有个门连着，夹层几乎就是个过道，没有窗，只有一扇门直接通到小卖店的柜台后面，一丝阳光也没有。

夹层那里平时放一些货品、农具，也是我们探险的好地方。实在无聊的时候，我们三五个就会躲进去，关上门，体验那种纯正黑暗中的心悸。

我爸妈搬家走时，实在没有办法同时带着我，就让奶奶先带我一段时间。那段时间，我像一只出笼的鸟儿，再也不用害怕溜去山上玩回来挨打了，每天起床吃完饭撒腿就跑，我奶奶在后面干着急也追不上我。

溜出门后，我多半会先跑到小卖店的燕子家，我们同岁，一起玩不够，没有玩具创造玩具也能玩得不亦乐乎，比如玩酒瓶子，装满水将瓶口对着人轮一圈，被淋到水的人撒欢狂跑躲水，转圈洒水的人几乎要转到昏厥，一瓶水见底，天旋地转，好半天走不了直线——不知道谁在捉弄谁。我们还会去山上探险，小村子被大山包围着，我们随处溜达，一座座山攀爬，去发现新鲜的动物和植物。当然家门口的山相对安全，没有猛兽，太远的山我们也发怵，很少去。

我奶奶半天见不到我，就会胡思乱想，怕我出事儿，毕竟以我淘气的指数，进深山也是有可能的，说不定就会遇到狼。于是她常常脑补我被狼拖走的场景，就到处喊我。那段时间，满村子天天都是我奶奶声嘶力竭喊我的声音！

我不是不怕，但是我更怕被固定在小院子里，没有自由。

因为怕，我上山之后时刻是紧张的。有一次在山上，他们骗我说有狼，我一口气就从山上飞下来了，一路猛冲到山脚下，直接累瘫。等了很久，吓唬我的那几个家伙才一头汗跑下来，对我的脚力表示拜服，他们不过开个玩笑，我就真的飞了。我是吓飞的，又想到山上玩儿，又怕被狼吃掉，很纠结。

燕子家的小卖部里，还有一件神奇的宝物——全村唯一一台缝纫机。她爸学过几天裁缝，村子里的粗布衣服都找他做。过年之前，人人拿着一块布料来他家排队，做成什么样子都行，山里人没要求，是新衣服就可以，穿上身就觉得光鲜，喜气。

小燕子爸腿脚不好，妈妈劳动力也差，反而因为小卖店和裁缝这个手艺，成为村子里过得不错的人家。

缝纫机是大物件，平时都蒙块布立在柜台的角落里，我从它身边经过，大气也不敢出，太敬畏了。那么巨大的一个黑色的怪物，用脚一蹬，居然就能做成衣服，对于没有出过山的我来说，见识太有限，这缝纫机拥有巨大魔力。

有一天我溜出来找燕子玩儿，她表示不能上山了，爸妈去走亲戚，她要留在家里看家，看店，有人买东西她要负责收钱。我一下子觉得败兴了，问她："那你知道什么东西卖多少钱吗？"她老老实实说："不知道。""不知道怎么卖？不如我们关上门去爬山。"燕子又老老实实说："我不敢。"

她既然不敢出门，那我也不敢一个人上山，我跟奶奶斗智斗勇这么久才逃出来，只是换个院子玩儿，自然不甘心。小燕子见我不开心，就偷了几块水果糖给我，这可是难得的美味，就算她家开着小卖店，她也很少能吃到。她是个胆小的女孩子，糖罐子放得高一些，就假装够不到。

我们吃了几块水果糖，也实在找不到别的吃的了，这店里卖的东西可以申请吉尼斯之最了，最少的最。

后来她忽然灵机一动，说："我们可以玩一下缝纫机，反正我爸爸不在家。"

这个主意好，我一下子跳起来，冲进房间，两人小心翼翼掀开那块落满了灰尘的黑漆漆的布，一个黑色的大家伙出现在面前。这是我第一次近距离参观缝纫机，这个神秘的机器周身散发着光环，我试着踩了一下踏板，"哒哒哒"悦耳的转动声，挑动着兴奋的神经。

我欣喜地坐下，在小燕子的教导下，用右手转了一下缝纫机的轮子，同时双手拿了一块废弃的小布料慢慢放入针线低下，脚踩一下，针就走一下，一排排歪歪扭扭的线就锁在了小布料上。

原来这样简单啊！

我觉得我马上就能做一件衣服了，一边用脚快速地踩动踏板，一边欢乐地拉动手里的布，也许是太得意忘形了，也许是踩得太快手忙脚乱了，我眼睁睁看着自己的手指溜进了缝纫机针的下面。一根针像利爪一样快速走了一圈，直接就从我的三个手指穿过去了，指头立即血肉模糊，血珠乱滚。我以为手指掉了，吓得呆滞，连疼都忘记了。

这时，我奶奶站在土坡上的喊声又响了起来，"小容子，回家吃饭——"因为大声，她的声音拉得很长，我吓得一激灵，手指没了这么大的事可不敢让奶奶知道。我脸色苍白，站起来无处可逃，最后还是燕子聪明，她一把拉起我，打开了小卖店夹层的门，一把把我塞了进去，然后关上门。

我们平时也会来这个夹层拿东西，体会绝对的黑暗，可那是我们几个一起进来的，现在就我自己，还不能发出一点声音，紧紧贴着墙壁站着，感觉四面八方的妖怪马上要扑面而来。此时，手指也开始痛，钻心地痛，能感觉到鲜血一滴滴落下来，像草叶上的露珠一样滚动。

出去，还是不出去呢？我跑出来已经够挨一顿打了，如果又受伤，是不是要打一顿更狠的？我在做心理斗争的时候，我奶奶已经进来了，小燕子使出浑身解数，运用她有限的一点点智慧跟我奶奶周旋，咬紧牙关坚决不承认我来过。

我奶奶说："那她去哪里了？"

小燕子回："她没有藏起来。"

我挣扎了一下，流着泪拉开门出来了，小燕子这么笨，我哪里还躲得掉？我想既然总要被搜出来，我不如自己赶紧走出来吧，被奶奶打死和被妖怪吞掉，我选择了后者。

奶奶见了我血肉模糊的手，惊叫一声，拉过我就往赤脚医生家跑。我们这儿唯一的一个赤脚医生，一边发抖一边给我消毒包扎，他的行医生涯十分简单，很少真的见到血，我这种自虐一样的伤，更是见所未见。

　　我疼到变形，眼泪汪汪地拉着奶奶的手。那天她不但没打我，还把我背回去给我煎了鸡蛋吃。

　　手指过了几天就好了，到底是缝衣针留下的伤口，小。但是我对针从此有了阴影，挺大岁数了怎么也学不会针线活儿。

　　那次受伤事件记得太清楚了，现在想起来，连小卖店也是带着血色的样子。

○
火
盆

　　搬家后离开了又冷风又硬的塞外山区，新家取暖有煤球炉，也有时候用蜂窝煤，煤的取暖方式就先进多了，如果通气及时，打开炉盖，金黄色的火苗蹿得老高，用不了一会儿，整间房子都是暖烘烘的。这样旺盛的火苗很费煤，但是安全，不会产生煤气。到了饭点儿，还可以将锅放上去，炖一点大白菜豆腐粉条什么的，锅子"咕嘟嘟"弥漫着香气，整个家都温馨起来。

　　但是我姥姥还是延续之前的习惯，她每年冬天都要做一个新的火盆儿。火盆没有蜂窝煤炉这样大的热量，火盆是烧炭的，炭红透了后鲜艳夺目，但是没有火苗，火盆比火炉更温馨，火盆是放在炕上的，更接近幸福。

　　我对做火盆的记忆来自我姥姥，每到深秋，她就开始准备。我们平时剪头发的碎发，麦子的碎麦秸，她都留着，等做火盆的时候一起和到黄泥里，这样做泥就不容易裂开，会牢固。泥质也要选黏稠细腻没有杂质的土，据说这样泥土不会裂开，泥和好之后，找一个盆倒扣做模型，将泥均匀糊在盆子上，拿到外面晾干，等全部干透，将糊满了泥巴的盆子正过来，小心地磕下来，一个火盆就完成了。

接下来为了美观，要收口加底，用酒瓶或者擀面杖将表层擀平，再放在角落里阴干，等到寒风呼啸时，就可以拿出来用了。

夏天的时候是保留炭火的最好时机，因为日光暴烈，很容易将一段炭晒干。

往往是我妈一声令下："这块木头好做炭，别让它烧尽了，留一留。"于是我爸就开始掌握火候，在这块"妈选之木"旁边塞一些别的柴，等周边的柴都烧透了，火不会因为少了主力而灭掉，我爸趁别的柴全心全意燃烧并没有注意的时候，迅速将这根木柴抽出来，以迅雷不及掩耳之势冲到院子里，一边往外冲一边对我们喊："闪开，都闪开。"其悲壮与速度，犹如举着一个炸弹。

迅速是因为木柴上挂着乱蹿的火苗，它们不知道发生了什么，一下子暴露在大面积的空气中，爆裂地燃烧着，又愤怒，又新奇，又危险。我爸将带着火苗的木柴放在平安的角落里，回身拿一瓢水，"哗"一下泼上去，火苗"嘶啦"一声，灭掉了。

湿木柴到炭的使命由此拉开。

炭是未燃尽的柴，不燃不行，做炭后它会疯狂释放能量燃烧；燃尽了也不行，失去了所有热情就不再有热量，放进火盆就直接成灰了。

一块炭，多一分少一分都不成，燃烧得恰到好处，才能收获一块完美的炭。

火盆燃的炭都这样来自平时的积攒，比如蒸馒头的时候，蒸年糕的时候都需要硬火，就是结实的木柴，这种木柴都适合晒成炭。晒好的炭黑漆漆的，贪玩的话可以找一块在墙上画画，比画笔还好用。这么黑的木炭，燃起来却又红得耀眼，光彩照人。

冬天的时候，用簸箕撮一些炭进屋，倒进火盆里，加入引火竹节或者细细的干透的小树枝，没有完全燃尽的木柴得到明火的召唤，很快就一点点羞红了脸，继而整个身体都红透了，散发着热情的光芒，就像爱情一样。

整盆红透的炭在火盆里隐隐闪现，房间里被映射得红彤彤，浪漫起来，这时候所有人都会这在这一片光晕中变得很温柔：暴躁的爸爸，忘记了你白天偷偷玩坏了他的钢笔；唠叨的妈妈，忘记了柴米油盐的琐碎。微微跳动的炭火，是柔情的催化剂。

烤火的时候，我奶奶最温柔了。一家人围在火盆边儿，外面寒风呼啸，室内温暖如春，厚厚的泥土盆慢热，但是一旦热透了，也很难凉下去，最妙的是，无论怎样大的炭火在盆内燃烧，火盆都不会烫。我把脚贴上去，隔着袜子这个热度刚刚好，懒洋洋地靠着枕头。如果晚饭吃了饺子又恰巧剩了几个，火旺了之后，奶奶会把饺子拿过来，在火盆上架两根铁火筷子，把饺子们一个个排上去烤着。我注视着炭火上的饺子们一点点被镀上金身，变得焦黄松脆，然后奶奶会小心地把饺子翻个面，再烤，她的手粗糙，又瘦又长，似乎并不怕烫，就这样用手去翻。饺子烤好了，我会慢慢吃一晚。

没有饺子的时候，就烤土豆。塞外苦寒的土地，少雨，长出的土豆是紫色的，又大又沙又甜，还有清香。

如果秋后收了红薯的话，放在阳台上晒一段时间，晚上烤火的时候，悄悄埋在火盆底下，一晚上的念想就都挂着甜蜜。红薯比土豆甜、软、糯，烤红薯被称为地上仙，可见有多美味。烤红薯的口感是一方面，更神奇的是它的香气，能溢满家的角角落落，像小钩子一样，把人的馋虫勾出来。

实在没吃的，我还烧过玉米粒、大米粒、花生、粉条，看着它们在炙烤中膨胀，开花，一点点失去本来的样子变成美味。玉米粒和大米粒都是直接能变成爆米花的，粉条烤过之后会变得很酥脆，胖胖的，塞到嘴里，又香又美。

烤过的食物，带着火的热情与干脆，味道有了烟火气。

我烤着火，吃着美味，一边听外面寒风呼啸，一边听老人们讲一下家长里短，在暖烘烘的幸福中，进入香甜的梦乡，这是真正香甜的梦乡。

以前就是这么好啊，想得少，睡得早，也喜欢笑。

○
野鸡

　　初夏，万物生长，山上开满了花。我看书看累了，又没有什么事可干，就打算出门采野花插瓶。

　　住在山里的好处就是，再也不用买鲜切花，山上什么都有。

　　出了院门向南走，这里有条小河早就干了，河床里杂草丛生，很多鹅卵石晒得发白，也有淡青色的、淡紫色的，应该是含有矿物质。走了二三里路之后，有个山坡，坡上有一片一片的紫色小花，散发着清苦的味道，我很喜欢看这片野花，每天都摘一些回来。

　　在草丛里遇到一只小野鸡，"啾啾"地叫着溜达出来，野鸡小时候长得灰头土脸的，身上的羽毛和小麻雀类似，灰黑相间，不好看，但是因为常年在山野里自由活动，很灵动。我上前抓它，它跳了一下，歪着头，睁着一双小圆眼睛盯着我，目光怯生生的，又有点新奇，像幼儿园胖乎乎的小孩子们。

野鸡小的时候不好看，长大了就特别漂亮，尤其是雄野鸡，脖子上一圈墨绿的羽毛，绸缎一样闪亮，周身的羽毛偏栗红色，长长的尾巴，羽毛光滑修长，雍容华丽。

所有生灵的目光都是有灵性的，我蹲下来和小野鸡对视了一会儿，我说："嘿，你居然都不怕人了啊。"

小野鸡歪歪头，似乎在回答我。

我摸摸它的头，它居然也没躲闪，那一瞬间心都要化了。我得到了这么弱小的生命的信任，顿时觉得周身光环笼罩，不可一世，流露出来的感情就更温柔了。

上午的阳光还不是很炙热，我蹲在小河道里，和一只摇摇晃晃的小野鸡聊着天，天知道我是好奇还是无聊得发疯啊。

后来我叔叔扛着锄头经过，把我提起来，问我在干吗。

我说："这儿有一只小野鸡，太好玩了。"

我叔叔说："现在野鸡成了国家二级保护动物，政府下令不许猎杀，不许买卖，也不许吃，到处都是野鸡崽子，又啃庄稼又吃菜，轰也轰不走。有啥好玩的，烦都烦死了。"

小野鸡像听懂我叔叔的厌烦一样，扭着小腿一转身就钻进了草丛。

我爷爷壮年的时候，野鸡和山上的蛇啊狼啊都一样，可以随便捕猎。

北方的山里，冬季漫长，庄稼只能种一季，勉强够吃，生活条件不好。为了对付这漫长的没有收获的日子，山里人都吃两顿饭，早上九十点钟起来吃一顿，傍晚四五点再吃一顿，天一擦黑就上床睡觉了，不但省电，也省粮食。

冬季无所事事，女人们纳个鞋底，剥点玉米粒，或者将被褥棉袄拆洗一遍，絮一些新棉花进去，缝缝补补中，日子很容易打发。男人们就不同了，他们无事可干，他们可发挥的热情都在耕地中，所以整天闲着聚在一起不是吹牛就是赌博，赌博有输赢，输不起，还容易打架，于是就打猎。

在更早一点的时候，听我爷爷说，在山区，持有猎枪还不违法，每家每户都有一杆猎枪。

我爷爷是最爱打猎的。

冬天雪下得很勤，整个世界都是白茫茫一片雪野。

我爷爷穿着貂皮、大头靴，戴着皮帽子，背着猎枪，一个人行走在茫茫雪野中。山上静悄悄的，一个人也没有，植物和动物也都冬眠了，天很低，雪光刺着眼睛。

我经常想象他这个样子，一个人走在苍茫雪野，该有怎样的天地辽阔之感，又会出生怎样的豪情和寂寞？可惜我从没有机会参与这件事，等我长大后，打猎已经成了遥远的事，是父母和叔叔口中的故事和传奇了。

爷爷几乎每天都会去山里，近处的山不行，动物们也知道怕人，它们会到离人远一些的地方生存。所以爷爷会去深山中，一个孤单的白胡子白头发的瘦小老头，走在白雪中，很有孤胆英雄的意味。

山里表面单调，实际丰富得很。他隔三岔五打回一两只野鸡野兔是正常，偶尔幸运，还能打到一只傻狍子，狍子傻，见了人就把头扎进雪里，露出一个屁股瑟瑟发抖，几乎不用费事儿就抓到了。

兔子难打一些，它们跑得太快了，兔肉也有一丝土腥味儿，一丝丝的，肉不够绝美。

公野鸡和家鸡习惯一样，也是睡在树梢。母野鸡习惯卧在灌木丛或者草丛里，再冷的冬天，它们也需要吃食，所以常常会出现在雪地里，做了我爷爷的枪下鬼。

一只野鸡拎回来，沉甸甸的，这几日的餐桌就不再是白菜萝卜的单调素淡，炖一锅，喝点小烧酒，日子充溢着满足。

更多时候，我爷爷打野鸡也不是为了口腹之欲，他是享受打猎的过程，享受孤独与霸气而行的那个过程。

野鸡长得漂亮，味道也好，随意充实了山里人家寒酸的餐桌。因为太好吃，城里人也开始追逐，高价到山里购买，于是每到深冬，就有人翻山越岭来到小村深处，跟村民买野鸡。城里人买野鸡大多数用来送礼，城里人吃得精细，需要野味满足渐渐麻木的味蕾，野鸡成了送礼佳品，豪华饭店需求量也很大，人们吃上肉之后，就开始转而追求野味。

在利益的驱动下，全民开始捕猎野鸡，山上的野鸡越来越少，野鸡的数量飞速下降。

空寂的雪后山谷，真的只剩了雪和寂寞。

猎枪成为国家违禁品之后，我爷爷就将枪上交了。又过了些年，野鸡因为数量大量减少，就被列为国家二级保护动物，禁止猎杀和买卖了，捕猎吃野鸡成了犯法的事儿，再也没人敢吃野鸡了

　　再后来退耕还林政策出来了，耕地面积一点点缩小，每年春季都有直升机盘旋在低空撒下一排排的树种。没几年，小树苗就长起来了，叔叔家门前不远的山坡上，都是一排排整齐划一的小树林。

　　野鸡们从山上下来，生活在树林里，距离居民越来越近。

　　后来我在院子外面溜达的时候，出门散步的时候，都遇到过小野鸡，它们同样睁着一双圆圆的小黑眼睛盯着你看，叔叔最痛恨野鸡崽子们，他在门口的菜园里种了菜，小苗苗才长出来，篱笆也拦不住这么小的野鸡，所以他看见就扬手轰它们，有时候也用小石子去打，打跑了就行，不能打伤，打死了就犯法。

　　但是在我心里，无论如何，不让买卖和捕杀野鸡了，这个政策很好。

　　从前的野鸡，美味；现在的野鸡，自由。

○ 骨头子儿·皮筋

　　有人家要杀羊了，这件事很快就能传遍全村，小孩子要去看。有人喜欢吃羊血的话，就会端着盆子去接一点，羊血随便取，反正没人要也倒了。

　　小时候无知无畏，也不惧怕，一只羊摁下之后，屠夫一刀子捅下去，鲜血就"哗"一下像开了闸，羊的惨叫声渐弱，慢慢不再挣扎，徒剩一双眼睛凝望着天空，透露出痛苦与茫然。杀牛就更残忍，牛会流眼泪，死之前，一大滴泪挂在眼角，看着就令人心悸，颤抖。杀牛的时候少些，毕竟牛是耕牛，有很大的作用，还有就是敬畏，牛这种家畜，庞大而具有灵性，一般屠夫也不杀牛的。

　　羊体格小，适合吃，每年会有几次杀羊的热闹看，谁家办喜事也会杀几只。杀猪的就更多，差不多每年腊月，杀猪的屠夫就忙起来了。那个年月，虽然平时以蔬菜为主，但过年的肉是充足的，家家都会养猪，也不为卖，就是过年的时候杀了吃肉。

进腊月开始杀猪，村子里整整一个正月都飘着浓郁的肉香，那一段时间，肉是随便吃的。富有讲究一点的人家还会杀一只羊，至于杀几只鸡、几只鸭或者野兔子，都是很平常的事儿，吃不了的肉就做成腊肉，挂在灶间，吃小半年也有可能。

羊血可以吃，猪血可以灌成血肠，煎着吃或者煮着吃，童年美味。

我跟着看过几次杀羊的热闹，看一只鲜活的羊在尖刀下惨死的全过程，鲜血热热地涌出来，接血的人习以为常地等待着，淡定地将自己接满了鲜血的盆移过来端回家，等血凝固了做成菜。

羊本来就是被人吃的，它们的生命感就被忽略了。

据说我小时候是吃羊肉的，每次杀羊后，我太爷爷把好的羊肉都留给我，我能一下子吃一碗。他还给我做羊肉粥吃，米加鲜羊肉熬成的粥。我那时候是家里唯一的小孩儿，总是获得特殊待遇。

但是从记事起我就再也不吃羊肉了，他们描述我怎样吃羊肉粥，怎样和太爷爷一起吃羊肉的画面，我搜尽记忆也想不起来。直到如今我也不吃羊肉，也许潜意识里，杀羊的镜头太残忍了，残忍到不忍心去记起来。大人们说，我是小时候吃羊肉吃伤了，我知道应该不是，因为我对于肉类完全没有欲望，哪有伤不伤。

杀猪杀羊的时候，是一年中食物最充盈的时候，小孩子也富裕，谁家杀羊，就老早去等着收集羊腿骨。如果自己家大人能跟杀羊家的主人打个招呼，那可就太雀跃了，这意味着为了大人的面子，羊腿骨非你莫属，可以大大嘚瑟一下了。

羊腿骨我们叫骨头子儿，对于大人来说没什么用，剔出来就扔了，对于女孩子来说，可是天大的宝贝。

一只羊只有后腿有骨头子儿，杀一只羊可获得两只，攒啊攒啊，不知道多久才能攒够七个，谁拥有了这样七个宝贝，谁就是女孩子中绝对的王者。

我们疯狂痴迷玩骨头子儿的游戏，叫作"歘子儿"，需要整整七个骨头子儿。玩的时候手里抓住七颗一起扔向半空，迅速翻转手用手背去接，第一局，手背要精准接住一个，多一个少一个都算输，游戏结束。如果正好接住，就用这一个扔起来抛在空中，手在这个空当迅速把散落在地上的另外六颗一起抓起来，然后连同空中这只一起接住，第一局过关。第二局依然，只是手背用接住两个骨头子儿，然后抛起这两颗，去抓散落的五颗，然后连同抛的两颗一起接住。依此类推，第六局是需要手背接住六颗……难度相当大，这个游戏的输赢关键，是一定要抛得够高，这样才能给抓取留下更多的时间，二是抓的过程一定要又稳又快，空中旋落的骨头子儿一瞬间就会落下来，小小一个游戏，手、脑、眼并用，需要足够的灵活度。我们天天玩啊玩，个个练成了妙手，稳抛，稳抓，稳接，谁先玩儿谁就能一直过关，技术炉火纯青，另一组急得冒汗，就只能盼着对方失误，可是失误的概率多小啊，于是我们游戏没有开玩儿呢，往往就因为哪一组先开始打起来了。

只是，收集七颗骨头子儿太难了，需要杀三只羊才行，而村子里杀羊的间隔也不确定，说不定半年才杀一次，早先收集到的都已经丢了。

所以，欻子这个游戏，虽然羊腿骨是最顺手最适手的，我们大多数时候还是玩石子，找七颗大小差不多圆滑的石子，一样能凑合玩，只是经常会抛得高了，落下来砸得手背生疼。也有宠孩子的家长，用废弃的边角布料给孩子缝七只布包，小巧，软，不会砸疼小手，里面塞十几个玉米粒，也是鼓鼓囊囊的。这个玩起来仅次于羊腿骨，但是大人又忙又不拿小孩当回事儿，我们很少能玩上这么高级的布包。

石子玩起来不顺手，就要发展别的玩意儿，跳皮筋也是我们喜欢的游戏，但是皮筋太难找，皮筋的要求也挺高，要柔软有弹力，随处可见的绳子肯定不行，失去了弹力肯定会时时绊倒的，摔得太疼，玩得又不尽兴。跳皮筋最好的材料是一种橡皮筋做的门帘，皮筋是一根根小小的橡皮管子，空心儿，又有弹性又软，三五根拴在一起，两边两个人撑住，中间的人就可以尽情跳了。

燕子有一个皮筋，是用五根这样的橡皮管门帘系在一起的。我们玩了太久，断了无数次，每次断掉就系一个扣子连起来继续玩儿。这样断来断去，皮筋越来越短，也布满了密密麻麻的扣子，实在不能跳了，需要换新的，我们转悠了几天，心里有了谱儿。

老琴家夏天挡蚊虫的门帘是橡皮管儿的。

中午，整个村子都睡着了，我们趴在她家低矮的院墙上，露着一排小脑袋，目不转睛地盯着她家的门帘。一阵风吹来，橡皮门帘轻轻晃动了一下，院子里是个菜园，用篱笆围起来，篱笆上挂着蔷薇，开得密密实实，这些花与叶一起在微风中摇动着，此外一点声音也没有。

大人的午睡开始了，我们的行动也开始了。

我和燕子轻悄悄溜进院子，老琴家太方便出入了，竟然连个院门都没有。我们俩穿过过道，蔷薇们伸展着花朵和叶子拦了一下又一下，轻轻触碰我们的胳膊，似乎在说："拉倒吧，你们像小偷。"我们才不理会蔷薇的劝告，再也没有比跳一根新皮筋更好的游戏了。我俩屏住呼吸，飞快地穿花拂叶来到了门前，一人拉住一根皮筋猛拽，但是这帘子镶嵌得太结实了，我们居然拽不断。燕子瞥见窗台上有剪子，应该是剪韭菜的，刀口上还有绿色的汁液呢。她就拿起来"咔嚓咔嚓"，一下子剪了五根，我想制止她已经来不及了——太笨了，怎么连着剪五根呢，这么大的缺口也太容易被发现了，要隔几根剪一根啊！

但是她已经剪了，扔下剪子拉着我就跑，我的心跳得厉害，差点就要瘫软，根本跑不起来。一直疑惑地跟在后面的包子发现我脸色不对，以为出了什么事儿，跳起来就叫。燕子一面去捂它的嘴，一面来拉我，外面放哨的见大事不妙，已经转身逃了。

房门响了一下，老琴应声走出来，我的腿忽然就有劲了，攥着几根皮筋飞速逃跑了，她在后面追也追不上。

后来我们又有皮筋跳了，新皮筋跳起来活力满满，每个人都似乎跳得更高了一些。只是老琴家的门帘儿，这儿少了一根，那儿又少了一根，大概是挡不住苍蝇了，气得她干脆摘下来换成了纱帘。那个残破的门帘她放到哪里去了？后来我们溜进她家的杂物房，到底也没有找到。

直到第二年端午，天气热起来了，老琴又将纱帘挂起来，替换了冬天的棉布帘子，篱笆上的蔷薇花又开了，和去年似乎也没什么不同，我们几个在老琴家门口的空地上跳皮筋，两个人撑着，两个人跳，一二三，三二一，跳出满头汗。

老琴背着手走出来，看着我们皮筋上疙疙瘩瘩的系扣，扬手扔给我们几根橡皮筋："反正也被你们祸害了，拿走吧。"

我们欢喜雀跃，跳起来去拥抱老琴。老琴其实好像不是很老，五十岁左右的样子，瘦瘦高高，走路轻飘飘的，从来也不笑，只有跟奶奶一起去山里割草刨药材捡蘑菇的时候才会说话。

那一挂帘子，我们一直玩了好多年，久到我们都长大了，看到千疮百孔的皮筋都会羞涩地笑一下。

夏天的味道

　　夏天不是普通的季节，夏天的味道太多了，一层又一层，多到数不完。

　　早晨，是清凉的味道。房间的玻璃窗很大很大，又低，山里空气好，尘土也少，窗子明镜一样。拉开窗帘，满眼的青山就像近在眼前。

　　推开窗，一阵阵沁凉的味道直冲心底，清爽极了。

　　这样的夏天，谁也不赖床，外面太爽了，起得越早，味道越清新好闻。如果能早到凌晨出来，微曦中，青山与绿树融为一体，墙角毛茸茸的倭瓜叶子上滚动着露水珠儿，爬满篱笆墙的牵牛花开得正水灵，露水藏在花心里，路过了碰一碰就会落一身，像被小婴儿的手抚摸了一下，柔软得不像样子。

园子里拔两棵小葱，摘两条嫩黄瓜，鸡窝里拾两个鸡蛋。鸡们起得永远比人早，已经出门野去了。鸭子飞不出矮墙，聚集在门口叫唤，只要你开了门，它们瞬间就没影了，直奔池塘。此时的池塘也宁静清凉，是一天中最舒服的时刻。

回房间将小葱和鸡蛋煎了，昨晚剩的小半碗米饭用开水泡泡，热一个馒头，黄瓜洗干净蘸酱……每天的早餐都差不多，院子里更凉爽，小方桌摆在屋檐下，晨风爽利，将饭菜的香味携裹着飘来飘去，清晨的凉爽气很快被食物冲散了，味道变得很复杂，很诱人。此时差不多太阳升起来了，树与山，蔬菜与花朵，颜色都浅了些，收敛起来张扬的笑脸，很不开心地迎接晌午。

盛夏的中午是太阳的味道，劳碌了半天之后，倦怠袭来，整个村子都睡去了。

此时正午炽烈的阳光洒在院子里，一点声息也没有，但是那热浪一卷一卷的，一圈又一圈盘旋在寂静中，静下心来闻一闻，是焦味，浅浅淡淡的，一定是焦味，盛夏晌午的热是有视觉观感的，是飘浮在低空中的。

偶尔有一只蜜蜂穿过热浪，它的小翅膀就像牵起了一阵风，热浪就又滚了几滚，动物们大概都是有灵性的，它们也不敢乱动，尽量不去推动热浪，就安安静静待在一个角落里，不想给别人带来麻烦。如果一只蝴蝶恰好停在花朵上，它就久久站在那里，尽量让自己静一点。只有蝉在叫，它们的叫声偶尔将热浪推动一下。

植物们不会到处走动，它们是纯粹的受害者，热浪滚一滚，它们的水分就失去一分，叶子就耷拉一些，无处可逃的样子。但是植物更有韧性，它们集中全部的水分去供应根部的营养，保证生命质量，于是叶子就做了牺牲，叶子都蔫蔫的，提不起精神。

傍晚的味道复杂一些，盛夏是最佳劳动季节，每个人都在田间忙碌，除草或者收割，又热又累，辛苦极了，于是晚餐是最重要的一餐，劳累的身体需要安抚和营养。

每一户都会专门留下一个人在家里做饭，尽量将晚餐做得丰盛美味，以慰劳一天的辛劳，或者女人们提前从田间赶回来，把饭做好，等晚归的人回来吃。

随手捋回来的野菜，早上泡发的蘑菇，存了好久的腊肉，菜园里寻觅一把豆角，蒸炒煎煮，好一点的食物都要留给晚餐。

炊烟相继升起来了，饭菜的香味飘来飘去，放牛放羊的娃娃们都在此时慢慢向家里走，身后是渐渐沉坠的夕阳。

树染黄金，山披落晖，牧人牵着小牛犊，猎马驮着主人收获的猎物，行走中的牧人和猎户，静止的山与树，这一切都笼罩在落日的余晖中，动静相宜，是大自然创作的写意画。

此时的味道，混杂着饭菜的香，以及谷物植物动物和人的气息。夏天的傍晚是山里最热闹的时刻，夕阳挂着，风终于起来了，一丝一丝游走着，向所有人报告太阳已经下山的好消息。

薄暮十分，夕阳淡淡，树木山川都被涂上了一层金色，田园农耕最惬意的就是日出而作日入而息，大家都很认真地执行这个准则，所以，夕阳下山，大家都奔赴回家，没有加班和夜生活，恬静充分的休息，放松静谧的夜晚，是一天中的黄金时刻。

诗经里很美的一句诗：

君子于役，不知其期。曷至哉？鸡栖于埘。日之夕矣，羊牛下来。

丈夫不知道什么时候回来，所有时光都是自己，但日子总要过下去。妇人独守家园，喂鸡，种田，赶着牛羊去挖野菜。黄昏时分，夕阳慢慢坠下去，给大地和天空都涂上了一抹胭脂。她赶着她的牛和羊，挎着筐子，慢慢向家里走。一筐子的清脆，一路的闲散，伴着一天的云霞。

如果想躺在青草上打个滚儿，此时是最合适的时候了，一天的热浪滚滚，大地都是温和的，傍晚的风又带着清爽，吹尽了一天的暑气。

草有热气，花也有热气，这热气又变得温柔温润了许多，如果非要给夏天的傍晚一个准确的味道，那应该是妈妈的味道，温暖，柔软，广阔，无边无际。

半夜的味道是花香的味道，山里的月亮太亮了，也太安静了，世界不再喧嚣，味觉嗅觉都变得更灵敏，流萤在昏暗处飞来飞去，月光轻轻慢慢笼罩四野。花的香气，草的香气，甚至月光也都有了香气，它们在这样的时刻肆意缠，自由自在。

大自然在夜半时分真正回归，每一株植物都做回了自己。

狼和狐狸

　　狼一般生活在深山里，轻易不会来到村子里，大家相安无事。它们不想惹事，不像狐狸，狐狸心机深，会算计，如果没啥吃的了，它们会潜入村子里偷鸡。

　　狐狸太厉害了，先踩点儿，哪家的鸡悄悄丢了，那一定是狐狸干的，也一定是你家鸡是整个村子最好偷的，赶紧加固鸡笼或者院门吧，不然还会丢。

　　狐狸偷完鸡并不会马上带走，那样目标太大，它们很容易被发现。狐狸会先将鸡咬死，就近挖一个坑埋起来，这样人起来追的时候，它们就能跑得身轻如燕，丝毫没有负担，并且连一根鸡毛的痕迹都留不下，搞得丢鸡的人家还以为出现了灵异事件。

　　等那么一两天，人不再防备，狐狸再回来将埋起来的鸡刨出来运走，运回家给狐狸崽子们吃，神不知鬼不觉，所以对付狐狸很难。

一般人也不敢打狐狸，关于狐狸的传说太多了，好像每一只狐狸都已经成了仙，它们一出现，不是报恩的就是报仇的，人给狐狸凭空增加了许多神秘。

狼是群居，它们不会轻易将自己置于险地。

偶尔也会有一只灰狼瞎溜达，就到了村子里。狼天生的野性气息，将家养的猪们鸡们吓得四处乱窜，狗们跃跃欲试，但是普通的柴狗身量有限，哪里是狼的对手，最后只能败下阵来。

狼也不做什么，它也吃鸡，但是没必要到村子里来偷，山上的小动物足够它们吃。在这样不高不深的山上，狼差不多是最厉害的野兽了，除非有熊，可是熊的数量极其稀少，它们就像虎一样，是传说中的存在，见过的人很少，也不会出现在距离人很近的山中。

但是狼也有顾虑，它怕人，狼的腿很脆弱，是它的软肋。

有一次一只灰狼进了村，正好我叔叔举着一把巨大的木杈要出门，迎面跟狼相遇。半晌午的时候，人们都在地里干活儿，村里没人，我叔叔也不敢大声喊，怕把狼激怒了，真打起来，他心里没底。

估计狼也是这样想的，并没有轻举妄动，一人一狼对峙着，各自强悍，内心也都在发抖，谁也不敢轻举妄动，谁也不想先动手失了先机。狼有名的凶狠，吃人的东西，如果狼真扑上来，我叔叔就算手里有武器也未必能全身而退。

一直到傍晚时分，有人收工回来了，一进村子发现一只狼在这里。这人也深谙狼的习性，没有过来帮忙，而是悄悄去叫了几个年轻力壮的小伙子，大家慢慢聚拢在我叔叔身后，每个人手里都拿着家伙。人多胆子就大了，一只狼占不到便宜了，但是也不敢贸然开战，狼是团结的动物，它要是感觉到危险，叫一声的话，附近的狼都会跑来应援的，到时候必然要有一场人狼大混战。此时的村子里连一杆枪都没有，没有胜算，所以大家交换了一下意见，决定把狼吓走。

　　几个人一起怒吼，一边吼一边拎着巨大的木棍向前凑。狼见人多势众，终于转身跑了，因为没有受到生命威胁，它也没有呼叫同类。

　　小村子虚惊一场，事后老人们对我叔叔说，狼没有攻击他，是怕他手上那把木杈。狼因为腿软，最怕棍子一类的武器，你如果拿的是一把镰刀，那就真的危险了。

　　狼应该也是怕的，那一把巨大的木杈如果打在它的腿上，它一定会残废，失去了双腿的野兽必死无疑。

　　我叔叔也后怕得不行，但是也记住了一件事，进深山要拿一根木棍或者一把木杈，狼见了这东西就会忌讳，不会贸然扑过来咬你。

爷爷的菜园

爷爷无时无刻不在打理他的菜园子。这片园子和院子里的菜园不同，和门口那一小片菜地也不同，这是一个真正的菜园子。

首先它不是分来的耕地，而是自己开出来的。在大山里，土地应有尽有，只要你足够勤劳，拎着锄头早出晚归辛苦开开荒，将杂草除掉，土翻一翻，用篱笆圈出一个范围，这里就是你的地盘里，种什么都不会有人干涉。

爷爷开荒的一块菜园在山脚下，背依着西边的山，眼前是开阔地，下面是河，走下来数十步就能挑水，浇水也方便，位置得天独厚。

我没事就带着包子去检查菜园的进度，淋肥了，翻地了，撒种子了，长出一株一株的小幼苗了……菜园子太值得期待。

我也很喜欢跟爷爷一起撒种子，一粒粒种子种下去就是收获。

园子里种的菜也好吃，西红柿啃起来又沙又甜，黄瓜最嫩的时候吃一口，满口鲜爽，小嫩茄子也可以吃，摘下来咬一口，绵绵的。豆角不能吃，但是好看，豆角挂在架子上，一条一缕的；豆角花也好看，小小的，精致的，淳朴又柔软的美。土豆花也好看，低调不张扬地美着，收获的时候，紫色的大土豆像小孩枕头那么大，吃不完的就都喂猪——太能长了！

芫荽，紫苏，这些都是少量种植，边边角角有一点就可以了，用来调味儿。

韭菜四五畦，韭菜可以给大家吃，谁有了空闲时间，就打一声招呼，来菜园子割一筐韭菜回家去包饺子，反正韭菜很快又会长起来。

冬瓜最特别，长得慢，等秋尽挂了霜才好看，沉甸甸地睡在地上。南瓜也是，南瓜长得很大，可以放在地窖里，冬天青黄不接的时候炖了吃或者蒸着吃，可以当饭，也可以当菜。

丝瓜最好看，挤挤挨挨地垂在架子上，随着风摇荡，如果吃不完，就让它在架子上风干到老，等它变成黄褐色，摘下来取出丝瓜里的瓤子，此物是最好的刷碗布，成熟的籽留起来，第二年继续种。

吃蔬菜也是很残忍的事，只有它们最年轻的时候最好吃，老了就不嫩了。

葫芦是最新奇的，所有人都很少种葫芦，不知道是什么原因，但是葫芦多好看啊，又好吃。如果哪一年发现爷爷种了几棵，我就几乎成了守护神，没事就守在葫芦架下，数来数去，生怕丢一个。

院子里种菜容易遭到鸡和鹅的破坏，所以这块地方，简直就是世外桃源，地势也好，是一块坡地，在西山脚下，从家里的院子能远远看到，站在菜地中央也能望见家。

我爷爷常年戴着一顶鸭舌帽，矮瘦，背着手，出了院门就直奔菜地。我远远看见，马上就追上他，在他屁股后面跟着。当然包子也很快会追上我，它是我的跟屁虫，我要是出去玩儿，要先藏起来才能甩掉它。

先熟的西红柿、黄瓜，或者角落里长出的山丁子什么的，我是第一个品尝者，无论什么都能吃得津津有味，坐在地埂上吃，吃完起来拍拍屁股，干土很容易拍落。

菜园子丰富了餐桌，也丰富了我们的生活，但是也极其危险，因为没有任何遮挡，只能靠运气存活。

有一年一直在下雨，瓢泼一样的雨无休无止，河水早就漫出来了，瀑布也宽了一倍，庄稼地里水汪汪的，叶子虽然绿油油鲜灵灵，但是再这样下去，它们很快就涝死了。

除了叹气，谁也没有办法阻止雨的来临，人无法改变的事，太崩溃了。那天夜里，惊天动地一声响，是山洪冲下来了，人们披衣起床，却无法出门查看，也不敢出门查看，不知道发生了什么，怕有危险。

第二天早上，雨终于停了，爷爷披着衣服就直奔菜地。山上泥沙俱下，出山的小路被冲断了，小桥也断了，洪水顺着河奔腾咆哮，唯一庆幸的是这山洪固守在河道里，没有去村子里肆虐。

山脚下的菜园被夷为平地，爷爷很久都没回来，我就带着包子去找他，发现菜园子里全是泥沙和石块，偶尔有一片菜叶从泥沙里冒出头，已经失去了生命力。

那是我第一次见识到洪水的可怕，河道里黄色的水咆哮奔涌，与以往的平静完全不同，岸上全是泥沙，青草野花全都不见了，被泥沙覆盖了。鸭子们都意识到了可怕，也不再去玩水。

爷爷花了三天时间，将菜园子清理了一遍，铲除泥沙，搬掉石块，将剩下的小菜苗们能扶的就扶起来，扶不起来的就拔了扔掉，小篱笆被冲得东倒西歪，干脆换了新的，两天就扎起来。整理之后又晒了几天，土地由泥恢复成了土，爷爷又挑了几担粪肥来撒，继续种上了一层种子。

他做这些的时候，既不遗憾也不悲伤，就像春天了撒种子一样。

蔬菜们长得很快，没多久就又都长起来了，洪水之后过一阵再去看，豆角在爬架子，黄瓜开了花，西红柿青青的小果挂了一秧子。

有过洪水吗？有过全军覆灭的摧毁吗？在这个静悄悄的小菜园里，好像什么都没有发生过。

草们也得到了肥料，长得结实又葱郁，反正也不是正经的庄稼，这些草只要不碍事，也不用管。我总是千方百计想要把草留下，我就是觉得草很好看，尤其是那些迎风舞动的茅草。

我的审美大概就是由此而来，后来画画，总喜欢去画野草。画野草呢，也比画别的更好一些，因为它们就生长在我的童年时光里，生长在一片永不忘怀的小菜园里。

○

地

窖

　　地窖里黑得很，是纯粹的那种黑。

　　我们这里几乎家家都挖地窖，主要用来存冬天的食物，大白菜、土豆、南瓜、冬瓜什么的。地窖是人工挖出来的，一筐筐的土都挖出去运到外面，将里面挖空，挖成一个可以进人放东西的空间，顺着梯子下去，再装一个门，平时都锁着，也不是为了锁住贼，大概是为了锁住不知深浅的孩子们，也就是曾经的我们。

　　地窖在深深的地下，冬暖夏凉，放在里面的东西不容易变质，是天然的大冰箱。

　　讲究的人家会将地窖隔出一个空间，一个里间，一个外间，还会装一扇木头门，小小的一扇门，无论多厉害的人进地窖也要猫着腰，因为空间低矮，简单的人工挖掘实在无法达到更开阔的程度。

我和燕子太喜欢幽闭的地窖了，家里的地窖很少让我们独自进出，偶尔父母下去拿东西的时候，赶紧跟着下去溜一圈，可是很快就要被吼上来，真的不过瘾。

她家废弃的地窖是我们的探险地，那个地窖之所以废弃，是因为有半边已经塌陷，一边是塌下来的土，一边还保留着地窖的模样。大人已经进不去了，小孩子身量小，一斜身子就钻进去了。

第一次进去的时候，我们还很忐忑，毕竟是在做一件父母不允许的事情，紧张又刺激。那个地窖挖得很精巧，墙壁上的土拍得又光滑又结实，很少落土，而且是挖了两间，进去一间小的，还有一扇可以猫腰进去的门，里面是一个更大的空间，这里才是放食物的地方，外面应该是放一些闲杂不用的小东西。我们不敢关上地窖的门，所以会有些许光透进来，第二个空间的门也有大半面塌陷了，我们试着钻了一下，没有钻进去，就放弃了，只待在外面的小空间。

小空间十分低矮狭窄，我和小燕子，再加上包子，几乎有些拥挤了，但这份拥挤反而十分有趣。

我们钻进去，坐在黑暗中，靠着土墙，谁也不说话。泥土的气息冰冰凉凉的，地下的空间安静无息，这样躲在世界之外，好像终于变得与众不同些了。小包子也被我们感染，在黑暗中靠近我，一动不动，也不叫，不知道心里在想什么。

我其实知道那里是危险的，每次打开门想要下去的时候，都在给自己打气："勇敢一点，勇敢一点嘛，就这一次，下次不来了。"

有时候也会想，如果此时此刻，这个松动的、废弃的地窖突然塌下来，把我们埋在这里，那么谁都不会知道，这里面埋了两个失踪的小孩和一条狗。

如果真的塌了，这黑暗要持续到什么时候呢？后来我们讨论了一下，觉得如果真发生那样的事，我们肯定会每天害怕的，这是我们第一次讨论死亡，一边害怕地战栗，一边又觉得死亡之后的黑比死亡本身更可怕。

地窖里面太静了，除了呼吸一无所有，但是幽闭中莫名生出一份安全感，就像每天晚上铺床睡觉之前，我和弟弟妹妹们最爱玩的游戏就是将枕头都摞起来，然后在上面盖上被子，隔出一个小小的、幽闭的空间，我们全体趴在里面，充满了神圣感，谁都不会胡闹，但是这个游戏玩不长，总要被爸妈粗暴地将被子掀开，一个个骂到被窝里去。

这个感觉就像上瘾一样，我们俩隔一段时间就会去那里玩儿一次。直到有一次大雨过后，我们再去的时候，发现那个地窖整个塌陷了。

我们对视一眼，我心里想的是：我们的命还挺大的。

剪
纸
·
窗
花

　　我不是一个心灵手巧的人，连缝被子这种最简单的活儿也不会，但是我喜欢剪纸。

　　我们家最古老的那套书里，藏着十几张珍贵的剪纸，虽然是用最普通的红纸剪的，但是其精致程度，就算跟那些上了电视的剪纸专家比，也毫不逊色。那几张剪纸纸边都磨毛了，留了三代，谁也舍不得扔，太精巧了，我妈说，这就是唯一的念想了，因为此后我家也不会有人能有这么巧的手了。

　　那是我太奶奶的手艺，她是一位远近闻名的剪纸能手。她剪纸无师自通，全凭天分。

　　山里的生活，冬天很静，又无所事事，但是心情很好，因为阖家平安，仓里有粮，几场大雪封山后，外面的人进不来，里面的人也不用出去，与世隔绝的感觉是悠闲，因为老天什么也不让你干。

那么就在手工上花心思，时光那么漫长，要用点什么事来打发，老棉鞋里面的鞋垫绣个鲜艳的花，婴儿的小鞋子绣个虎头，棉袄领子上织一圈毛线的假领子，方便拆洗。

所以女人们都有些手艺，有的绣花很厉害，有的纳鞋底厉害，也有的缝被子精致，属于针线活儿好的。

我太奶奶会剪纸，她不是简单地剪一个福字一个喜字那种，她留下的剪纸样子复杂到使我眼晕，一只活灵活现的公鸡，头上的鸡冠子纤毫毕现，连羽毛都清晰可数，身上的花纹一层又一层，均匀精巧，尾巴垂下来的羽毛就更漂亮，极富飘逸感，又兼具层层叠叠的厚重感，此外还有人物，张果老倒骑驴等，人物细致到眼睛和眉毛都能看清……

下雪之后，窗子被雪映得明亮，几个女人收拾完家务，脱鞋上炕，坐在窗前一边说话，一边看着我太奶奶剪窗花。老人们说，再也没有见过我太奶奶那么好的女人了，性格温柔，心地善良，又心灵手巧，从不拒绝别人，她剪纸厉害，就承包了过年时候全村的窗花。

窗花是过年最有吉祥寓意的色彩，是贴在窗户纸上的点缀。

进了腊月，家家都要换窗纸。

除了低矮处几块用来透亮的玻璃窗外，大多数人家的窗户是格子的，糊着窗户纸，窗户纸薄薄一层，却无比温暖，多硬的风也吹不破。

窗户纸每年都会换一次，揭掉旧的，糊上新的，雪白雪白，换完窗户纸后，家家户户都要贴窗花，喜庆、吉祥，也是年味儿。

一群女人每天聚集在太奶奶家里，她挨个给她们剪，剪一圈连在一起的宝葫芦，剪四个剪不断的福字或者喜字，剪一对喜鹊登梅，剪一个双龙戏珠……红彤彤透着喜庆，小心翼翼地贴在刚糊好的窗纸上，一屋子都跟着亮堂了。

据老人们说，太奶奶死后，全村人都跟着送灵了，大家都舍不得她。

那之后也没什么人会剪纸了，就不贴窗花了，过年的味道就减了一分，再后来忽然有了卖塑料窗花的，虽然塑料不如纸有质感，花色却更复杂了，机器生产，一下子就出一批，于是大家窗户上贴的都是一模一样的窗花，喜庆还是喜庆的，只是单一了些。

上三四年级的时候，我和邻居一个男孩一起写作业，写到深夜，我写完了，一边等他一边用演算纸随手剪了一对小鸽子。小鸽子是相对的，却用嘴对嘴的方式连在一起，精巧别致，那个同学惊讶得连作业都不写了，我把小鸽子送给他，他宝贝似的带回家去了。

这对小鸽子大概是我给他剪的唯一一次剪纸，后来他意外去世了，这些年忘了很多事，小时候和他一起写作业，他拿着小鸽子回家的情景却一直忘不了。

我笨手笨脚，不会做任何手工，所以我剪纸剪出各种花色后，大家都挺惊讶的。这些兴趣，大概来自家族遗传吧。这个时代，已经很少有人在春节的时候剪纸剪窗花了，机器那么厉害，印出来的窗花精美又漂亮，手剪的东西早就退出舞台了。

今年春节，我收到一束鲜花，包扎鲜花的淡粉和淡蓝的纸颜色柔美，一下子激发了我剪纸的热情，于是剪了很多，玩了一天，就都扔掉了。

时光来来往往，总是留下一些东西，又淘汰一些东西。

○

写春联

我爷爷我爸爸都会写毛笔字，村子里大概只有他俩能写，每到过年前的几天，就陆续有人拎着红纸来了，请求帮忙写春联。

我爷爷写春联我只是听说，那时候还没有我。我爸写春联，几乎是每年过年的一部分，过年在小村里太隆重了，这份隆重不以任何外力为转移。如果这一年风调雨顺，获得了大丰收，那么一定要好好过个年庆祝一下；如果这一年出现了很多坎坷，各方面过得都不顺，那也一定要过个好年，将晦气赶一赶，好好地热闹一下换换心情，总之，一定要过个好年。

杀猪，做豆腐，写春联，撒年糕，蒸馒头……小小的三间房里，从腊月开始热气盘旋，大锅里不停烧热水，拆洗所有的棉衣被褥，清洗所有的衣服。腊月二十开始烟雾缭绕，炸丸子的香气，不停发面蒸馒头的热气，交织在一起，烟雾和香气都向高处飘，氤氲在屋顶不肯散去，于是整个房子里都好像有了仙气。因为灶上总是忙碌着，烧着火，炕随时都是热乎乎的，散发出热气，将屋子也熏成热的，火炉也会烧得很旺，炉子上随时炖着肉或者菜。

小木桌摆在炕上，用雪白的抹布擦干净。红纸铺开，剪裁，我们围成一圈，负责把一对儿长条的红纸叠成均匀的七个小方格，我爸在旁边一脸严肃，一样一样将宝贝们摆上小方桌，也不能摆乱，砚台和笔架放在最前方，墨汁摆在角落里，没有笔洗就找个杯子代替，杯子装满清水。

古老的砚台是整块石头雕刻成的，因为年岁久远磕掉了一个角，是祖上传下来的，盖上盖子，墨可保存一天，十分温润。还有一个黄铜笔架，沉甸甸的，精巧别致，毛笔几只，一瓶墨水，这几样东西一年只能派上一次用场，平时蹲在角落里落灰，这几天却光彩照人。村子里的人大部分不读书，对笔墨纸砚充满敬畏，看着我爸将毛笔浸在清水中濡湿，将浓郁的墨汁倒进砚台里，再滴几滴清水，毛笔撇一下水分，放在砚台里饱蘸墨水，然后端着笔沉吟一下，在旁边准备的废纸上写下一个字，试试墨色的深浅，笔走龙蛇舞，一个个毛笔字蜿蜒出现在纸张上，整个过程行云流水，类似表演。围观者为之倾倒，人家费时间费精力给大伙写春联，说几句漂亮的恭维话是基本的礼貌，所以沉默一会儿大家就会发出感叹，于是夸赞的话就把我爸淹没了，我们也兴奋得满脸通红，虽然写春联这件事儿一年就这么一次，却充满了神圣意味，让人肃然起敬。

写的词儿大家也没有要求，无非是：天增岁月人增寿，春满乾坤福满门。横批：四季平安。

或者写个：春风万里玉梅开，佳岁平安福满堂。横批也是四季平安。万能横批。

都是现成的吉利句子。偏居一隅的小村里，人们过着平淡的日子，心里所求不是大富大贵、为官为仕，无非是平安、幸福、财运、福气、健康这些，都体现在春联中了。

墨汁臭臭的，很快就散开来，混在食物的香气中，飘飘散散，给日子增加了厚度。

一幅写完了，摆在炕上晾一晾，等墨干透了再小心叠起来拿回家去，性急的拿回去就贴上了，稳重的一定要等到除夕上午再贴，鲜艳的春联一上门，过年的氛围就出来了。

拿着红纸上门的乡亲络绎不绝，大家脸上挂着平和的微笑，过年了嘛，写春联了嘛，哪有理由不高兴。我爸写得很快，炕上桌子上很快就摊满了红纸黑字的春联，他的字写得龙飞凤舞，力度刚劲，虽然没有受过训练，没有章法，却有随性之气，这份随性其实也很让人向往了。

成年之后我经常临帖，在写字之路上，我有老师，认同以临帖的方式开启书法第一步，在规矩和框框里，一步步按照前人的经典不曾逾越，字的布局章法笔势都是正确的。偶尔还是会想起我爷爷和我爸这一辈子写春联的场景，我爷爷的笔法比我爸更随性，更有力，这字也像山野里的生命，无局无拘束，随性而为，环境造就人，也造就字，是无法学的。

春联连续写三五天，就写得差不多了，想想不会有人来了，就开始收集红纸，给自己家写了。我们家有一本《春联大全》，年年翻，书的封面都翻烂了，扯下来扔掉，很快第二页也翻烂了。我们在浩如烟海的古今经典春联中寻找一幅最经典的，纪晓岚写对联的故事最多，我打算让我爸写，但是不合适，永远都是选来选去，最后还是用了吉祥话，春满乾坤福满门……行啦，挺好的。

等我给自己家写春联的时候，终于可以跳出吉祥话的模式，可以任性地写一句"读书随处净土，闭门即是深山"这样的句子。

写春联是义务劳动，所以有人会特意多带一张红纸。整张红纸是四尺，一张足够一个家庭用，所以我们家不但不用买，还会余下不少，那就多写一些。

猪栏外贴个"六畜兴旺"，门口贴一个"出门见喜"，水井上贴一个"流水生财"，墙壁上贴一个"抬头见喜"，哪里有空贴哪里。

如果实在用不完，就留起来明年用。第二年打开，纸的折痕处已经有了毛刺，红色也褪色不少，没有那么鲜艳了，但是小村里没那么多讲究，红彤彤贴出来就满心欢喜，不管旧不旧。所以没有钱或者空手来的人，就用旧红纸写几幅拿回去贴。

剩下的红纸还有另外一个神秘的用处——我们的风俗是除夕夜包

饺子，初一凌晨起来吃。这中间的一段时间，年终岁尾交接，各路神仙鬼怪都是自由的，最爱到人间捣乱，于是包完饺子放置好，我爸一脸神秘地将整张四尺的红纸展开，盖在饺子上面。每到这个环节，我们就大气不敢出一声儿，一脸虔诚地睡觉去了。

据说有的人家没有用红纸盖饺子，除夕包好之后，第二天起来一看，盖帘上空空如也，竟然一个也没剩，是被什么给吃掉了。

红纸的镇魔之力还是相当大的，我家这么多年除夕的饺子从来没有丢过，每年大年初一如愿吃上饺子都跟捡来的一样，这一顿饺子吃出了幸运感。

剪裁一张红纸会余下一些边角料，这可是不可多得的做风车的宝贝，我们找一根光滑的高粱秆，做一个红纸风车，用贴春联的糨糊粘好，举着奔出房间。

如果没有风，我弟弟就举着风车疯跑，利用自身奔跑的速度来产生风，催动风车转。人力太渺小了，风车似乎有千斤重，转得极其慢，总不如自然风来得妙。

火红的风车在过年的冷风中转动着，我们奔跑着。

新年，一场雪之后，村子里每一家的门楣上都贴出了春联，白雪，红纸，黑字，老门楣，年味在这通透鲜亮的颜色间，迎来了一轮又一轮的光阴。

○

河谷

河谷，跟山谷是不同的，山谷是山随山隐，深谷幽幽。河谷是平坦的，河水在山谷间悠然而来，携裹着远古的岁月与清凉。

这条河距离村子很近，村子里的人每天来淘米，洗菜，洗衣服。大家约定俗成，洗米在上游的一个位置，洗菜再下一点，洗衣服就在最下游，这样保证了卫生，大家都放心。

那条河具体是从哪里流出来的，我并不清楚，远远望去，那河的尽头是山，山的深处还是山，能肯定的是，这小河是山里的泉水汇集而来。水质清澈，明亮如一条玉带一样穿过重重山谷，经过这里，又悠然而去。

我不知道它的来路，自然也不知道它的去路。

我经常跟着奶奶去洗衣服，她端着两个大盆，一个用来盛脏衣服，一个用来盛洗干净的衣服。她洗衣服的时候，我百无聊赖，抓蝴蝶，摘野花，摘了野花也没意思，就扔到河里去。它们顺水漂啊漂，打着旋来到奶奶脚下，她捞出来就扔掉了。

热的时候，我喜欢把鞋脱了下去踩水，小河不深，只到我的腿肚子，河水冰凉又温柔，清澈又明亮，河底的小石头也都光滑可爱，一点也不硌脚。我踩得欢快，就在河水里面跳，剧烈地翻腾，将河底的泥沙都搅上来了，河水迅速变得浑浊。我奶奶正在下游不远处漂衣服，突然一股带着泥沙的浑浊水流过来，她手里的衣服都白漂了。

她气坏了，顾不得脏衣服，站起来就追着我打。我在小河里跑，一直向上游跑，把整条河的泥沙都搅起来了，我奶奶在岸上都追不到我。

后来我奶奶再带我去洗衣服的时候，就反复叮嘱，一定不能去上游踩水，一定要我答应才会去。她也帮我想了一个办法，我去她的更下游玩儿，反正河水随便弄到多浑浊也不会倒流。

河水真是守规矩呢，永远也不会倒流。

我七岁的时候，夏天晌午不愿意午睡，曾经一个人偷偷溜到这里来，身边没有奶奶，也没有洗衣服的农妇。偌大的河谷空无一人，连个小动物都没有，河水流得很平缓，没有声息，水也被晒得很温热。我坐在下游河边的石头上，将两只脚放进河水里，茫然踢了一会儿水，又走到岸上来，躺在草坪上。六月的河边，野草丰茂，身边都是野花，什么颜色都有，那草像绿色的毯子，软的。我仰脸望着天空，河水就在我耳边流，天上的阳光很刺眼，我就扭头看向一侧，一眼就看到了侧面的一座大山。

那座山其实一直都是那个样子的，我却好像第一次发现。山很大很高，山坡上长满了灌木等植物，密密实实，只是那山从中间被劈成两半，所以这一座山其实是分开的，中间有一条深深的幽暗的裂谷，常年都是不见阳光的黑暗着。两边的山与裂谷，是两个世界。

大人们说，这座山曾经也是很完好的，后来有一次打雷下雨，一个巨大的霹雳落下，硬生生将山劈成了两半。从此，这座山永远成了两半，那个巨大的裂缝里，也不长植物，连动物都不会去，除了裸露的巨石，就是黑洞洞的深不见底的幽暗。

我盯着那山，恐惧一点点袭来，裂开的巨大缝隙里，好像随时会钻出怪兽、恶魔，把我吞噬。

我胆战心惊，那是我人生中第一次感觉到了巨大的孤独与彷徨，第一次感受到了天地之大、自然之大，一个人是如此渺小。只是几分钟的对视而已，我忽然爬起来就逃，一路狂奔回到家还心悸不止，觉得一定有什么东西在背后追我，"咣当"关上门，才踏实一点。

后来奶奶又带我去那里洗衣服，我都紧紧跟在她的身后，一点也不敢乱跑了，甚至连看一眼那座裂开的大山的胆子也没有。

后来发展到，到了这里，我就浑身都是冷的，这山成了我童年的阴影，再没有比这更瘆人的山了。

二十年后，我有机会再次回到那里，迫不及待去看那条河，那座裂开的山。

山还在，裂缝依旧幽暗神秘，然而我已经不害怕了。成长赋予了我一些知识，我知道那里不会有怪兽，不会有任何恶魔。

然而，河已经不见了。

我叔叔说："这条河早就不见了，这些年地下水源急剧降低，山里的很多天然泉也都枯竭了，水没有那么多了。"

现在的山只是山，再也不会山水环绕了。

我顺着山走了很远很远，那都是我小时候到不了的地方，我想追寻水源，想知道这条河来自哪里。一路上，河谷里都是落叶和杂草，光滑的鹅卵石被太阳直接暴晒，非常白且干燥，河谷干到裂开了很多口子，像是焦渴万分的旅人。

我走了很远，终于在深山处找到了那眼泉，那是水，真正的泉水。周围湿润，水草丰茂，清凉舒爽。只是，那水太小了，"咕嘟咕嘟"一点点有气无力向外冒，冒出的一股水像一个矿泉水瓶那么细。这样的水怎么也没有力气流向河谷了，才游到附近的小水洼那儿，就消耗殆尽，渗进泥土。

我的小河谷没有了，我也离开了这里。

在遥远的七岁的那个中午，我并不知道命运会带我去别处，也不知道会遇到什么人。河也不知道，它不能永久奔流源源不息，它终有一天会变得干涩枯竭。

岁月知道这一切，却沉默不语。

第二章

一蔬又一味

清水白菜

深秋的早晨，雾就下得勤了，也散得慢了，推开门，半山腰缭绕着玉带一样的薄雾，山也被雾气濡湿了，灰蒙蒙的。树的叶子都快落光了，光秃秃的树枝又瘦又硬，因为湿和冷，树干愈发乌黑。松树不落叶，但是也失了青翠，松枝的颜色苍老了一些。

此时，已经是收获白菜的时节了。

小时候看梁晓声的书，看到一句话：百菜没有白菜美。不禁疑惑，常常吃的白菜，价格便宜到不用计算的白菜，有这么美味吗？

后来走过很多地方，吃过很多菜之后，竟然还牢牢记着这句话，并且深以为然，果真白菜的美，诸菜不及。

大白菜是属于北方冬天的，偏僻如世外的小山村更是无白菜不能活。

霜降之后，空气开始挂霜，走在凌晨或者傍晚的野外，指尖已经有了冰凉的痛感，此时，就要收白菜了。

白菜已经长得饱满、圆润，叶子深绿到菜帮慢慢渐变成白色，长得好的白菜，叶片肥厚，颜色青白分明，敦敦实实。砍倒一棵抱起来，沉甸甸的，冰凉且沉，一棵棵码到小拉车上，码成一座小山，吭哧吭哧拉回家。有了它们，秋冬的餐桌就不会空白，白菜象征着日子，十足的踏实，十足的温暖。

因为各种原因没有种白菜的人家，秋天一到就慌了，会去邻居家挨家询问，谁家种的白菜多一些，如果种得多，是不是可以匀一点。匀一点，其实就是买一点，总有热心肠的村里人将自己家的白菜让出一些，大家凑来凑去，这家人家就凑够了一冬天吃的白菜，心里就踏实了。别人家收白菜的时候，一家人会欢天喜地跟着各家去忙乎，有了白菜，在整个漫长的冬天就有了除土豆萝卜之外的一抹绿意和希望。

一车车白菜运回来，码在地窖或者院子里，它们皮实又娇贵，既不能放在太热的环境，也不能太冷。气温一高，白菜就会从芯儿里开始坏，春天的时候，剩下不多的白菜，已经失去了水灵和饱满，拿一棵剥着剥着，就会发现一处烂叶子，再向里剥，就几乎不能要了，每一片都沧桑枯萎了，从心里向外坏，一棵失去生命的白菜，也保持着最后的体面呢。而太冷呢，它们也受不住，叶片里的水分都成了冰，化开后，就是一片烂叶子，稀汤寡水的，完全不能食用了。

所以白菜的收藏很重要，地窖深处冷热适中最好，如果没有地窖，就放在院子里码好，外面用一层又一层的干草帘子围住。有这一层干草的保护，落雪也不怕，它们会安静地躲在这一方小天地里，继续着自己的清甜，保存水分和体力。

　　白菜差不多是地里最后的收获了，一场薄雪过后，北风开始呼啸，辛劳了三个季节的土地和人一样，开始了慵懒的冬眠时光，白雪覆盖了土地的沧桑，抚慰了人们的辛劳。

　　收完白菜，漫长的冬闲时光就开始了。大家都无所事事，闲闲的日子里，主妇们高兴了，就会吩咐孩子去扒一棵白菜出来。白菜有干草保护，但是干草上落了一层雪，经过一夜的北风呼啸，早就冻成了薄薄的冰，小嫩手触上去，像被刺了一下，赶紧缩回来。但是大人的吩咐与白菜的诱惑，又让孩子生出面对寒冷的勇气，于是将手放在嘴边呵几下热气，似乎有点暖了，提着一口气再次扒开干草，再扒开最外面一层白菜，外面这一层永远不要动——从里面挑一棵，因为如果冻坏的话，也只有外面一层坏掉，那么就牺牲它们形成保护层好了，里面吃空了再考虑这一层卫士。

　　收拾白菜的时候，总会掉下一些外层的菜帮子，这样从外面拿出来后，又会掉一层帮子，一丝一毫也不能浪费，我妈会把这些老一些、筋脉粗一些的菜帮留下，洗净，切成小方块，用开水焯一遍，再用冷水激一下，捞出来控干水分。被冷水激过之后，白菜保持着青绿洁白，颜色不因被开水烫过而褪色，要的是相貌上的好看。白菜控干水分后放进容器里，锅里烧热一勺植物油，炸一把红辣椒进去，在油和辣椒最滚热的时刻端起锅倒在控干水分的白菜帮上，热与冷突然交汇，互相都吃了一惊，于是发出"刺啦"一声喊叫。

放盐，一点点醋，放味精，收起来。第二天早上熬一锅粥，白菜帮已经渍好了，盛一碟子，放一点香油，有芝麻也可以撒几颗，口感微辣清脆，爽口鲜甜，是一道很好的佐粥小菜，我们叫它辣白菜，自然跟韩餐的辣白菜不一样。

白菜生得美，青是青，白是白，一层层撕开清洗，剁碎，过程漫长，然而越漫长越值得等待，剁碎后，放一把盐进去，将水分杀出来，用麻布包好了挤压出水分，加葱末姜末油盐，调成饺子馅，也不放肉，纯净的白菜馅有纯净的清香。一家人欢天喜地包饺子，热气腾腾的生活，鲜甜脆嫩的大白菜，成就了一场盛宴——大白菜馅的饺子太好吃，根本无须肉的衬托。

大白菜虽然家家都囤了不少，但是绝不会时常包饺子吃，白菜收拾起来太麻烦了，需要付出大量的时间成本。除非是过年那几天，几乎每天都要包一次饺子，馅也是大白菜为主，为了欢庆与仪式，我妈有时候会炸一些小面酥放进馅里，增加一层香气。

吃白菜，剥的过程会剩一点菜心。因为不见阳光，菜心娇黄脆嫩，几乎没有筋脉，一般要留下凉拌，少许糖少许醋少许辣椒和精盐，随便腌渍一下。烫一壶酒，美美一份下酒菜，嚼在嘴里甜脆如春，似乎比山珍海味还好些。或者直接蘸酱吃，一样美味。但是菜心太少了，也太珍贵，就那么一点点，几片就没了，平常的日子里，谁家舍得为了吃口菜心浪费一整棵白菜呢？所以菜心是吃不过瘾的。我每次吃都会念叨：等我哪天有钱了，我要把大白菜一棵棵扒开，吃菜心吃个够。

自然是说说而已，我舍不得这样吃。

后来有了娃娃菜，几乎就等同于菜心了，娃娃菜从里到外都是嫩生生的，也没有明显的筋脉，也不如大白菜拥抱得那么紧凑，娃娃菜每一片和每一片都像闹了别扭，有距离。大白菜不一样，大白菜的每一片如兄弟姐妹，如一家人，密密实实抱在一起，难分难舍。有了娃娃菜这种美妙的小白菜之后，我似乎实现了梦想，事实却是，失去了筋脉的菜叶像失去了风骨的人，没啥滋味了。饭店里，用到白菜的时候，几乎都是娃娃菜代替。

白菜浑身都是宝，我连吃剩下的菜根都会留下，随便栽在花盆的空隙处，或者排排放在阳台上，等春暖的时候，菜根就会懒懒地伸出一根茎，长出一些细弱的小叶子，然后开出一簇又一簇娇黄的小花。哪用刻意培养什么名贵花草，春天的一排白菜花，就几乎将整个春天的灿烂承包了，蜜蜂和蝴蝶不明所以，隔着窗飞来飞去。

白菜根，白菜花，是一棵白菜的尽头，也是一棵白菜最后的浪漫与盛放。

我妈做得最好吃的是米汤煮白菜，米煮到七分熟的时候将米捞出来蒸，这样的米饭松软喷香。剩下的米汤留用。炝锅后，将切成麻将块大小的白菜微炒一下，倒进米汤煮，米汤黏稠，白菜香甜，开几次之后，汤与菜就难分难舍，舀一勺在蒸好的白米饭上，嘴里早伸出个手，这样一碗汤泡饭，给个神仙也不做。

还有一种清水白菜，简单油盐煮开后，锅边上贴一圈玉米饼，等玉米饼熟了，白菜汁浸到饼子里，焦脆咸香，不吃到撑不下桌。

我家最爱吃白菜豆腐，从我奶奶到我妈，在山里冬天味蕾寡淡的时期，隔三岔五会煮一个砂锅白菜豆腐，就放在火炉上慢慢煮，一丝肉也不要放，霜打过的白菜清甜释放，北方豆腐的柔韧与筋道久煮而实，淡淡的豆香味，清清的白菜香，再放一把粉条，它开着，你忙你的，有白菜在是不会煳锅底的。

从外面回家后，小锅里"咕嘟嘟"煮着这一锅白菜豆腐，任窗外风雪连天，月隐风高，诸多的辛苦与不易，有这一锅菜在炉火上慢悠悠煮着，心就温柔下来，就安定下来。你知道这房间里有热乎乎的饭菜，有人爱着，有人陪着，多冷的冬天，心也不会冷。

一家人有时候干脆就围着火炉吃，热乎，熨帖，舒适，寒冷根本无法靠近。

清水，白菜，吃的不仅仅是清爽鲜甜的味道，还有一份清白简单的心思，越简单越能体会白菜的美味。

山里的日子也是如此简单，门一关，世界与我无关，眼前一鞠清水，一棵白菜，此外无欲无求。门一开，山川大地扑面而来，春暖花开夏除草，秋收冬藏又一年。

热气腾腾的日子，就一代又一代延续下去了。

○ 捡蘑菇

　　我的家乡盛产榛蘑。它们大部分在榛子树底下，和榛子互相成就，得名榛蘑。

　　榛蘑口感爽滑鲜嫩，味道鲜美，营养也十分丰富，在很多发达国家都被列为一类食品，是至今很少无法人工培育的珍贵野生菌类，是名副其实的山珍。正因为榛蘑没有人工培育的，所以没办法作假，也就更珍贵。

　　这么珍贵的蘑菇，在山里却普遍得很，五月六月的时候，气候回暖，雨水丰沛，一场雨过后，榛蘑就飞快冒出来了，一个个像小伞一样，一簇簇拥挤在树底下，和泥土紧紧拥抱，样子比肉蘑菇纤薄，淡淡的土黄色，晒干后有点丑，褐色，毫不起眼，但是鲜香无可比拟。储存在角落里的蘑菇，无论何时打开袋子，味道刷一下就窜出来击中你的味蕾。

大名鼎鼎的东北菜小鸡炖蘑菇，榛蘑是唯一指定蘑菇，缺了榛蘑，任你是什么鸡，那也不叫小鸡炖蘑菇。

这个短暂季节的雨后是捡蘑菇的黄金时期，我奶奶我妈我婶村子里所有的人……大家都不会放过这个黄金时期，各自挎着篮子上山去。

童话里叫采蘑菇，我们叫捡蘑菇，天与地共同孕育的美味，是大自然馈赠给人类的礼物——就像捡来的一样，不要钱，除了浪费一点时间体力，几乎没有任何代价，何况对于山里人来说，时间体力不算成本。

捡蘑菇的过程，一路上山，大家说说笑笑，树叶子滴着水珠，山路泥泞湿滑，却有另外的新奇。初夏的山上，树木苍翠，水洗过之后，宛如新生，小鸟也欢快，在头顶上飞来飞去。有的树枝伸到路上，用手剥开，落一身水珠，恶作剧的男人等后面的人不明所以赶上来，飞快地跑到旁边摇一下树，然后尖叫四起，惹来一场追打。但是男性捡蘑菇还是少数，大部分都是女人，笑闹声震天响，明明生活得很清苦，却快乐得不像样子。

后来榛蘑越发值钱，男人们才陆续参与进来。

蘑菇们在雨后湿漉漉的，不躲也不藏，大大方方簇拥在树底下，人们四散开，将一朵朵捡进筐子里。如果那一年年景好，蹲在一处就能捡满一篮子；年景不好，就到处寻一寻，往往也能捡够这一年的食用量。大家也不贪，反正这玩意儿每年都会准时有，区别就是有的年份会少一些，有的年份会多一些，够这一年吃就可以了。

所以捡蘑菇真正的意义是捡——不着急，不争抢，慢慢捡到筐子里而已，多得是。

捡蘑菇那几天家家都是蘑菇的盛宴。榛蘑刚刚采摘下来，水分充足饱满，鲜香提味，奢侈一点杀一只鸡来炖，满村子都飘着香，就像过年一样。平常些就把榛蘑清洗干净去蒂，切点葱花炒一炒，爽滑鲜脆，特别好配一碗白米饭或者小米饭，如果做成汤就更提味了，简单撒点盐就好，配菜可随意放豆腐黄花木耳，只要丢几朵蘑菇进去，汤的滋味就提升了。

日子简直太幸福。

榛蘑和所有的菌类一样，不能长时间保存，短短一两天就会腐坏甚至生虫。所以吃不完的，就铺在院子里暴晒，晒干后，用麻绳串起来，一串串挂在屋檐下，剩下的三季里，它们离开了泥土与雨雪，在阴干处打发岁月，香气也干硬清冷起来。想吃的时候，摘下一串，泡发，清洗，随便配点什么菜，或者切几片肉炒一炒就是不可多得的美味。可贵的是泡发过后，它味道依然鲜美。

早几年的时候，榛磨捡回来吃几天，然后就这样晒干，来了客人或者寡淡的时期打牙祭。那些在山上的，就默默地做了泥土的养分，四季延续，岁月不会停留，谁也不会太在意榛蘑的下场与浪费。

后来山里的路修好了，在捡蘑菇的月份，山下村里都会等着一批又一批的商人，榛蘑这样的宝贝，有多少就收多少，永远供不应求。

榛蘑太好吃了，谁不爱？城里人又不在乎钱，于是榛蘑的价格炒得很高，这样一来，简朴的人就不舍得留下一些自己吃了。到了捡蘑菇的季节，往往是一家人齐上阵，甚至一村人都跑到山上去了，没日没夜地在山上捡啊捡，捡的蘑菇都卖掉，短暂的蘑菇期过去之后，居然会是一笔不小的收入。

夜雨剪春韭

　　再没有比韭菜长得更婀娜的菜了，它的叶片纤长飘逸，在外形上很有一些兰草的风度与优雅，不同的是，兰为观赏，韭却实用，自古就是美味蔬菜。

　　门前开辟着小菜园，奶奶没事就会蹲在菜园里忙乎，给南瓜除除草，给豆角搭搭架。菜园的一隅，定会留几垄种韭菜，韭菜的感知力特别强，几场暖风拂过，它们就冒出绿油油的小苗。春天是菜园的春天，春天也是韭菜的春天，一场雨过后，清晨，打开门，湿漉漉的空气中就飘来了韭菜的香气。韭菜的香太霸气了，不容置疑，不容反驳，那一抹清浅的绿色与柔美的外表下，是一颗强大的心。

　　绿汁会染了手，奶奶的手粗壮，纹理深重，染上就渗进去了，久久都洗不掉。我不同，我的手嫩，光滑，汁液只能浮在表面，水一冲就干净了，所以奶奶要戴手套。我就不用了，我喜欢抓住一把凌晨微风中的韭菜，将它们割下来收进筐子里，码放整齐，这样摇曳舒展的蔬菜，只是生长，就让人心生喜悦。

在成长过程中，韭菜也不娇气，一场雨的浇灌就撒了欢儿，昨天才单薄的小叶片，一下子就变得肥厚，雨滴在叶脉上滚动着，冰凉一片。趁着嫩，割一茬，没几天，第二茬又长起来了，叶片变得更肥厚也更纤长，一茬又一茬，再没有哪一种蔬菜有韭菜这样似乎无止境的旺盛的生命力。

最美味、最有营养是第一茬春韭，此时的韭菜细弱，迎风就倒的样子，却蕴含着最丰富的香。第一茬韭菜太珍贵了，春天来了，万物复苏，阳气上升，浊气下降，天地开始给人间与植物分配新一轮的灵性，得者顺应天时，属于幸运。

春韭便是帮助阳气上升的美物。拥有土地的人，便拥有了这绝对的幸运。

一场雨过后，爷爷奶奶凌晨就起床了，推开门，在浓郁的香气中，戴上手套，拎一个小篮子一把小镰刀，嫩生生的小韭菜们迎风摇曳，水灵灵，一派天真。爷爷开始收拾园子，奶奶蹲下身子，用小镰刀一把把将韭菜割下来，收进筐子里。新鲜潮湿的泥土，绿生生的韭菜，悠悠的香气，满园都是范成大的诗。

最韭菜完美的吃法就是包饺子，饺子是北方人的魂，而韭菜是饺子的魂，韭菜家族里最美味、营养最丰富的就是头茬胎韭。

第一茬韭菜细弱，需要耐心地将混入其中的杂草或者黄叶都择出去，放在水井旁一遍遍清洗。韭菜喜欢沙地，根部叶片难免会混入沙粒，要很仔细地洗干净，控水。控水的过程中，和面，等面和好了醒一醒，这样的面会更筋道。醒面的过程中，控水完成，切韭菜，一小段一小段切下来，韭菜的香疯了般，狂奔四溢，你拉都拉不住。这边饺子还没包上，邻居就闻到味道了。

水不控干净也不行，饺子没包完，馅里面就会出很多汤汁，白面没有本事裹住汤水，饺子就包不上了，就算勉强包好了，煮进锅里也会坏掉，变成一锅粥。所以和面也有要求，控水也有要求，调馅也有要求，怕韭菜太嫩出汤汁，可以调进一点点吸汁的冻豆腐，少量馒头揉碎了放进去也行，一顿完美的饭，每一步都要精细。

头茬韭菜过期不候，任你有金山银山，也无法再现。它们如此虔诚地守着规矩，绝不逾越，也因为珍贵，第一茬韭菜不好弄，太细了，太弱了，容易掺杂小草。但是这把韭菜，味道清甜，不辛辣，也不平淡，包饺子，做馅饼，筋脉鲜嫩，香气清郁，不夺人，却沁心，吃一口，溢出一个春天。打几个土鸡蛋搅拌，微煎，和在切好的韭菜段中，鸡蛋煎得越嫩越香，最好的状态是刚刚凝固，不至于变成汤汁。但嫩韭菜太容易出汁，包饺子总会剩一些汁，香气四溢，浓绿喜人，不能扔，打几个鸡蛋进去，煎一下，就是一盘绝好的下酒菜。

过了初春的季节，大部分人享用的韭菜其实是第二茬第三茬，它拥有无限的再生性，这也是韭菜自古就在餐桌上占有一席之地的原因……以此类推，秋天的韭菜就更差一些，但是外表会更壮一些，墨油油的绿，带着一些涩和辣，包饺子不容易煮熟，吃完会烧心，也叫辣心。我妈对付韭菜很有经验，春韭包饺子，秋韭蒸包子，包子火大，蒸的时间久，就避免了辛辣。

所以第一茬春韭最贵。不舍得自己吃的老人家，会赶在第一场春雨之后，小心割下第一茬韭菜，捆好，拿到菜市场去卖。那份纤弱，那份幽香，吸引着懂行的主妇们，价钱通常比普通韭菜贵三倍。

韭菜好吃，好种，杜甫是在乱世过过穷日子的人，他笔下不止一次写到韭菜：夜雨翦春韭，新炊间黄粱。春韭是贫寒日子里的一缕香，是清简生活中的营养和美味。车前子评价此句意境既美又贫穷。

一夜雨后，早上起来见菜园里一畦韭菜绿意盎然，迎风舒逸，回屋拿了一把剪刀，咔嚓咔嚓齐根剪下几把。转身之间，碰落了瓜架上的几滴露水，抬头间，朝霞红灿灿撒满了天边，满山都被渡上了一层光，拎着韭菜到井水处冲洗，心里已经有一餐美味呼之欲出。

林黛玉作颂圣诗，也是口齿噙香的好句子：

一畦春韭绿，十里稻花香。

夜雨之后，园中有一把春韭可剪。柴米之外，耕种之间，还有稻花可见，有菜有米，食物丰沛，便是盛世。

○

柔情荠菜

荠菜生得像莲花座，紧紧地贴在地面上，锯齿般的叶子四面散开，用手拔是不行的，用手拔只能揪下一两片叶子，一棵荠菜就毁掉了，所以叫挖荠菜。

春天的泥土松软，用小铲子贴着荠菜根一挖，一棵荠菜就连根拔起。荠菜是野菜，却更像不用耕种的家常菜，它的味道温和绵软，细腻嫩滑，拌点肉馅进去最适宜包馄饨、包饺子，肉的浓香成就了荠菜，荠菜的温柔中和了肉的霸道，几乎人人都爱吃。城市的饭店里，荠菜是一道特别平常的菜，饺子馆里，荠菜饺子也必然存在。每年春天，荠菜大片大片生长在山坡或者田野，低低矮矮的绿意，点缀着春风吹过的大地。

刚刚成长起来的荠菜特别鲜嫩，小叶子上生着一层淡淡的绒毛。每户人家都会找个清闲的日子去挖荠菜，回来改善伙食，或者包饺子吃，或者蒸菜团子，真正的春天就是从餐桌上一顿荠菜开始的。

奶奶经常去挖荠菜，一般是午后，天气暖融融的，天地也暖融融的，除了小孩子，一切都是懒懒的样子。

奶奶收拾整齐挎一个竹筐，站在院子里喊我的名字："小容子，挖野菜去了。"我从草垛上跳下来，也学着奶奶的样子喊："包子，挖野菜去啦。"包子正无聊地趴在门口晒太阳，听到呼喊马上就起身窜过来摇尾，出门的狗比我还开心。

包子是我捡来的，那是我和奶奶去别的村庄吃席的时候，经过一座山，我觉得这里新鲜得很，突然不走了，打算找野果子吃。奶奶拗不过我，一边数落一边扒开灌木丛，试图寻点什么吃的给我，结果就发现了包子。它当时团成一团，卧在一棵榛树底下，"呜呜"叫着，一双小圆眼睛，我摸了它一下，它站都站不起来。

它是一只小白狗，团成一团像极了一个包子。我决定抱着它走，奶奶的条件是不找果子吃了，我想了一下答应了。包子一路都没有闹，到了宴席上，我给它用馒头蘸了菜汤吃，它像个疯子一样吃完了，原来是饿得站不起来，吃完东西的小包子就可以跟我走回家了，再也不用我抱着。家里那么大的院子，那么多的剩饭，也不在乎多养一条狗，奶奶想都没想就答应收留它了。

一年时间，小包子就成了大包子，身上也不再是纯正的白色，长出了斑斑点点的黄色，我还是习惯叫它包子。

我们三个通常不会走得太远，奶奶老了，腿脚不是很灵便，她走得慢腾腾，我们跑得快，一小会儿就没影了，但是我们不介意再跑回来寻到奶奶，然后再跑。春天的田野太舒服了，风那么软，草地也那么软，只能用疯狂的奔跑来发泄心中的狂喜。

经常会遇到挖荠菜的同路人，他们凑在一起聊着家长里短，走到一片开阔地就停下来各自挖。我挖几棵，就开始去追包子，这家伙到处乱跑。草才冒出小芽，旷野无遮挡，一望无际，所以我和包子无论跑多远，都在奶奶的视线之内，她就会放任我们去玩儿，一点也不约束。这份自由的喜悦，开阔的喜悦，全都是春天和荠菜的功劳。

残阳开始铺满西天的时候，奶奶的小篮子里已经满满的了，我们开始回家，我和包子都累坏了，老老实实跟在奶奶后面，夕阳把影子拉得好长，一个老人、一个女孩、一条狗。

所有的菜都是新鲜的更好吃，奶奶把一下午挖来的荠菜放在盆子里端到水井边去洗，洗了一遍又一遍，直洗到水灵灵的，各个叶片上都挂着水珠，将洗好的荠菜放在篮子里控水的间隙，我留在外面看着鸡们别来祸害。奶奶开始和面，切肉。醒面的时间，荠菜也切好了，放简单的油盐搅拌一下……

薄薄的暮色先笼罩了远处的山，给青山染上了淡墨，然后一点点移到了院子，投下一片阴影。

此时饺子已经排排坐在盖帘上，大锅里烧开了水，等家人全部进了院子，将满盖帘的饺子倾倒进锅里，大火烧开，每一步都踩着时间点儿，刚刚好。

等大家都洗完手进门，一盘盘热气腾腾的荠菜饺子已经摆在了桌子上，热腾腾的饺子在一盏昏黄的小灯下也被镀上了一层金色。疲劳，汗水，这一餐美味融化了，今晚的梦也会变得格外甜美。

荠菜的口感绵软，最适合搭配肉，菜的绵软提升肉的清爽，肉的浓郁又中了和野菜的清苦。荠菜营养也丰富，老人们说荠菜是百岁羹，防病又长寿，何况荠菜又美味，不像别的野菜那样苦。荠菜也丰茂，随处都有，连寻找都不用。

于是整个春天，荠菜是餐桌上少不了的美味，有时候是早起的一碗馄饨；有时是荠菜团子，玉米面与荠菜杂糅在一起团成团子，放在锅里蒸熟；有时候是白瓷盘里的一缕暗香，配着胡萝卜丝土豆丝等蔬菜卷饼吃。饺子是最奢侈的一餐，也是开始吃荠菜最重要的一餐，山里人过日子，自然不能日日吃饺子的，又费事，又费粮食——太美味了，每个人都吃好多。

吃荠菜，是从春天的第一缕温暖阳光到来之后，第一株小草冒芽之后，到吃到嘴里的温柔过程，不单纯是吃，是感受。

周作人写过一篇《故乡的野菜》，提到关于荠菜的儿歌："荠菜马兰头，姊姊嫁在后门头。"可见在江南塞北，荠菜是个普遍的存在。

一年又一年过去，吃过多少荠菜，可是它的味道总也记不住。它太平和，太不张扬，又太滋养，就像春天的一缕风一样，无声无息温润着一切却不留丝毫痕迹。关于荠菜的记忆，是一棵棵犹如莲花座一样的翠绿小野菜，是广袤无垠的田野和四处洋溢着温柔的风，是一个老人、一个小孩和一条狗，走在夕阳落下的日暮里，是快乐的笑容，是肆意的奔跑，是最平凡又最特别的一个日子……

　　荠菜是最温和的野菜，是最没有个性的野菜，它随和，谦恭，朴素，纯真，犹如无忧无虑的山居岁月。

○

吃花

住在大山深处，没有地方可以买零食，漫长的冬天很难挨，就靠在火盆里烧土豆、红薯等慰藉肚子里的馋虫。一日三餐也大同小异，青菜只有白菜，要不就是土豆萝卜，这些都是可以放在地窖里储藏的，要想美味就放点豆腐粉条，过年的时候，炸些豆腐丸子，豆腐制品也仅限那几天吃。夏天晒干的葫芦条、干豆角、蘑菇，都可以拿出来泡一泡炖着吃，但水分已经完全蒸发的蔬菜，只能说是一个蔬菜的躯壳了。无法购物，没有水果，整个冬天几乎看不到鲜嫩水灵的食物。那么冷的冬天，连山坡上的松树都是暗的，没有一丝亮色，别说吃了，整个冬天连眼睛都是寡淡的，视野灰蒙蒙的。

熬啊，盼啊，每年春天一到，念想就来了，花开了，就有的吃了。

天气好了，人的心情也好，办喜事的人家就格外多，无论多远房的亲戚，也愿意请来欢聚一堂。

我奶奶去参加婚礼一定会带着我。此时，已经脱下笨重的棉衣，走路轻快，因为远方有美食等待，多远的路也不嫌累。

她手臂下夹着一块布料，那是送给新人的礼物，奶奶走得疾步如风，走慢了怕赶不到。山里地方太大了，人与人的居住距离可真远。我紧紧跟在后面，不敢马虎，这些路大部分都是荒无人烟的野外，我要是丢了，就真的丢了。

因为赶路和紧张，路途上再花红柳绿还是会无聊，于是过一会儿就无趣了，无趣就显得累。忽然，眼前的小山坡上出现了一棵金雀树，挤挤挨挨开了一树金灿灿的花。我一下子就疯了，跑到树下，拉下一条矮树枝，一朵朵摘花吃。金雀的树矮矮的，枝条还有小刺，但是花真好看，金黄色，明亮耀眼。花瓣旁分两瓣，中间一瓣尖细，就像一只欲飞的鸟，所以叫金雀。这些小小的花朵一串串长在枝条上，吃到嘴里清甜清甜的，还有一丝香。

我一手拉着一条枝子，一手飞速摘了花朵塞进嘴巴里，一时塞了满嘴。奶奶只得停下等着我，我吃啊吃啊吃啊，太好吃了，于是我宣布不走了。我要把这棵花吃完，让奶奶先去吃席，等她下午回来再回到这里接上我就行！

这下轮到奶奶疯了，这么大一棵树，在这儿吃一天也吃不完啊，把一个小丁点儿的孩子扔在这荒山野岭吃花？眼看着就晌午了，我奶奶先是诱惑我："别吃了，再吃就吃饱了，我们还要去吃白米饭、炖豆腐（没办法，我从小就爱吃豆腐）。"我说："不吃。"跟眼前的美味相比，遥远的宴席太虚幻了。奶奶没有办法，只好打我。我就围着树跑，她也追不上，最后她急中生智，劈下两个大树枝，让我一边走一边吃。我想了一下，这样划算，既不挨打，也能吃花，还能吃席，就答应走了。

于是奶奶在前面扛着巨大的开满了金雀花的枝子，我跟在后面一路摘着吃，一老一少总算赶上了开席，进了人家院门还扛着一根树枝子，另一枝已经吃完了。人们呼啦一下闪开给我们让出一条路，还以为我奶奶带着工具是去打人闹事的。

二十多年后，我有一次做梦，居然梦到了这条路，这个山坡，这棵金雀。我像小时候那样吃金雀花，吃着吃着，一转眼，天就黑了，奶奶和树都不见了，前后也没有人烟，我瞬间被黑暗吞没，开始大哭，吓得不行，特别无助又迷茫。醒来，惆怅满怀。

暖阳洋溢之后，躲在山坡上的金雀花就快开了，但是金雀花太美味了，家近处根本都剩不下，所以我偶尔遇到一棵金雀花，就像遇到了宝藏。

金雀花摘下来吃就很好吃，但是也可以做成菜，用水焯一遍，沥干水分加糖、醋、香油等调料拌一下，滋味清爽，入口鲜美。也可以晒成干花扔几朵在茶叶里，一样香甜香甜的，滋味堪比槐花。

花是装点世界的精灵，是用来看的，但是在大山里，花只有两种用途，一种用来吃，一种用来授粉孕育果实，没有人专门观赏。花太普遍了，花也太多了，也没那么多诗情画意，大家都活得比较质朴、粗糙，没空看花。

吃花有很多方式，我最爱吃鲜花。

最开始吃花，吃的是映山红，映山红开得太好看了，也太恣意了，一片又一片，像火一样燃烧着。这种壮观的美让我很震撼，有时候会摘一些抱回家去，都被我奶奶隔墙扔掉了——漫山遍野都是的东西，她不晓得我为啥要抱回来。后来我就不往回抱了，开始尝试别的方式。于是一次到山上的时候，大家都摘一些映山红拿在手上玩，玩够了就扔进山涧，顺便看一下山涧有多深，扔一把花进去能不能听见响声。

我躲在一边偷偷摘了几朵花瓣吃，居然很好吃，有一丝丝甜，也有一丝丝酸，口感绵软，于是摘了一把花瓣塞进嘴里，吃了一个爽。

后来才发现，很多花是可以吃的。这多好啊，谁说花就一定是被观赏的呢，我觉得好看的花吃了，更美好。

韭菜花也很好吃，但不是我这种吃法。

每到深秋，韭菜已经老得不成样子，吃到嘴里已经有苦味，于是就没有人再去收割了，等一段时间，韭菜衰老的身躯上就会探出一根薹，上面开着一朵朵碎米一样的白色韭花，主妇们把一大朵一大朵的韭花摘下来洗净捣成酱，配辣椒食盐生姜放进密封的瓷坛里数日，打开就成了鲜美的韭花酱。韭花的味道和韭菜一样霸道，味道直冲数里，但是韭花更鲜香。没有火锅的年月，韭花是配大楂粥的绝配，大楂粥必然要熬半夜那种，慢火小煮，熟烂黏稠，挖一点韭花放上去，一种香挑动另一种香，滋味丰富，又鲜又糯，无可比拟，二者结合，一齐入口，香到呆滞。

韭花的另一绝配是羊肉，是火锅的必备调料。

这样的吃饭，早在先秦时代的《诗经·七月》中就有记录："四之日其蚤，献羔祭韭。"春四月之初，用小羊和韭菜祭司寒之神。

著名的《韭花帖》被誉为天下第五行书，此帖出自五代书法家杨凝式。作者叙述了自己午睡醒来，恰逢有人赠送韭花，食之可口，遂提笔表示谢意。

没想到这小小举动，却给后世留下巨大的财富，《韭花帖》是书法爱好者们爱临的宝帖之一，也给后世留下了一个线索——作者所处的五代时期，就已经很流行吃韭花了。

韭花好吃，却不打眼，韭花太碎小。

金银花就美貌多了，金银花随处可见，但是没有人随便吃。谁上火了，不舒服了，会出门摘几朵回来泡水喝，泡两天也就好了，山里缺少医药，小毛病几乎都是用花草来解决。

黄花吃得比较多，黄花也生长得多，野草丛中往往就夹杂着一片黄花。黄花是花也是菜，怎么吃都可以，晒干了来年吃，拌黄瓜，做汤，口感脆脆的，韧性十足。

松花杏花也可以吃，杏花是另一种美，杏花开的时节满山都像漫进了云雾中，但是杏花跟着果实，采食杏花的人比较少，吃花太糟蹋。《离骚》里讲吃花："朝饮木兰之坠露兮，夕餐秋菊之落英。"现在看来，那是成仙的吃法，太脱离尘俗。

汪曾祺说："中国人口味之杂也，敢说堪为世界之冠；而其实，中国人口味之风雅，也是世上难得。当美食遇上风雅，吃的目的不仅是要果腹，更要吃出意境，因此便有了花馔。"

花馔，看着就美，就精致，小山村里可没有花馔这么文雅的说法，各种吃花的方法也不唯美。在深山里，鲜花也带着古朴的粗犷，有一种大大咧咧的味道。

○

饸
饹
面

　　做饸饹面是一项大工程，先做准备工作，借来饸饹床，架在大锅上是第一步。

　　饸饹面首先要有工具，有饸饹床，没有工具做出来的只能叫面条。村子里的饸饹床材质为枣木，巨大又笨重，年深日久在锅灶上熏染，似乎有了包浆。这样沉重巨大的工具，肯定不是家家具备，一个村子甚至几个村子共用一台也是有的，一台饸饹床，也不知道流传了多少辈子，修修补补中，好像永远也没有坏的时候。它的整体是一个架子，横两道竖两道实木条固定，用来架在大锅上，中间有个圆筒，圆筒中间有均匀的漏孔，旁边有把手，手动旋转压面，压面条的时候，面团放进圆筒里用力压，面条均匀从漏孔漏下，直接落在锅里。

借来工具之后，第二步要和面。

饸饹面是一种传统的面食，和面时白面加荞麦粉，加碱，面团要硬一点。我奶奶都是加高粱面，为了面条硬滑，也会加点食盐和在面团里。面团需要醒一段时间，此时锅里的水已经烧开，将和好的面团放在饸饹床子里，用杠杆直接挤压，面条从圆桶中一根根均匀垂下来，像下了一场面条雨，壮观又好看。无数面条直接落在翻滚着沸水的大锅里，那情景也如蛟龙入水，欢喜着翻滚跳跃，在沸水里扑腾。

火硬，水沸，片刻工夫一床面就煮好了，捞出来放入凉水中过一遍，盛一碗，浇上提前做好的卤汁找个地方吃去吧。吃饸饹面的时候无须大家凑在一桌一起吃，独享最好，抱着碗，像抱着一个秘密，不要说给外人听，也不给外人看。

卤汁也不重要，喜欢吃什么就做什么卤，肉的，炸酱，或者西红柿鸡蛋，都随意，菜码也与凉面没有区别，饸饹面的精华就是面，简单粗暴。这种面吃着筋滑利口，操作简便，速度快，多少人等着吃都供得上。

最好玩的是压饸饹的时候，站在灶台前的奶奶就像在云雾里，只知在面前，却不得见。灶下架着粗壮的木柴，整锅的水保持沸腾，热气一层层扑上来，无处可去，就凝结在小小的灶房。我在缭绕的热气中穿来穿去，模拟腾云驾雾，不止我，每个小孩都会这么干。

每当家里有人帮忙干活，或者很多人吃饭的时候，大约就要做饸饹面了。

吃饸饹面在于仪式感和阵势，每当巨大的黑黑的木质饸饹床搬进家门，我就产生了敬畏感，大气不吭，默默等待着那一餐隆重的饭。

碰巧逢上哪家婚丧嫁娶、上梁打顶，那主人家多半就会做饸饹面，这样的场合就更气派一些，因为人多，大锅上压饸饹一刻也不停止，专门的人烧火，专门的人和面，专门的人站在锅边压饸饹。自然，旁边还有切菜码的、打卤的、捞面的、端饭的……热气腾腾，云雾缭绕，络绎不绝，热闹非凡。

大家吃着笑闹着，沸反盈天，笑声快要把房顶顶起来。

许多年后，我旅行的时候在山西又见饸饹面，急忙要了一碗。眼看着店家压面，过水，捞面，浇上丰富的卤汁与菜码，到手里已经是尖尖的一碗，吃一口，清爽适口，差点冒出眼泪。当年奶奶在暗暗的小灶房压饸饹面的情景，好像还在眼前，那一屋子缭绕氤氲的热气中，我钻来钻去，奶奶的身影也时隐时现。我们沉浸在自己的快乐里，沉浸在无知无觉的陪伴中，过了一段多么奢侈的日子。

山西的饸饹面很多，但是跟我小时候吃的还是不一样，作为商品和作为家庭中一餐的饸饹面，区别就是，前者更规整，更清爽，更精致，而后者，带着简单粗犷的乡野风趣，也融入了亲人共吃一餐饭的温暖。

无论在哪里，温暖的记忆都如影随形，饸饹面和饸饹面明明是相同的，却又如此不同。

隐形杀手蕨菜

回叔叔家的第一餐饭，家里什么都没准备，小山村太偏僻，甚至连个小卖店也没有，距离镇上也要十五里山路，一来一回耗费时间。眼看着晌午了，婶婶将米饭煮好，出门上了山，不一会儿背着半筐蕨菜回来，看着她放在井水边清洗，一棵棵水灵灵的小野菜绽放出又一次生命力。

那一餐饭没有一棵菜是买来的，但是鲜香满口：清炒蕨菜，葱烧榛蘑，还有园子里摘的一把豆角，炖土豆，过年炸的豆腐丸子还有少许，一起放在菜里炖了……配白米饭，好久没吃过这么美味的饭了，每一口都是回忆杀，抬眼透过窗子望出去，山还是那些山，也永久会是那些山，只是我长大了，幸好有田野的气息扑面而来，每一缕香都广阔而绵甜，把岁月衔接上了。

蕨菜是山里最普通的野菜，也是最流行的野菜，但是这么鲜嫩的野菜没法保鲜。人们就想出了真空包装的办法，这样就能运到各地，生活在城市也可以吃到蕨菜了。

一包包真空包装的蕨菜摆在超市的货架上，我也曾经嘴馋买过，但是那些外表依然鲜灵的蕨菜已经失去了最佳的口感，微微有点涩，香气也消失了，聊以慰藉味蕾记忆而已。

我很喜欢上山摘蕨菜，蕨菜长得高高瘦瘦，一根茎笔直，表面有一层茸毛，梢头绿色叶子曲卷盘绕，像一条绿色的小蛇。很奇怪它为什么不叫蛇菜，但是蕨菜有个名字叫龙爪，意思也类似。

也像极了婴儿的小拳头。

蕨菜生长随意，只要是阳光到处，小雨落处，都有它的身影。先是钻出一小片叶子，一转眼间，它就偷偷长大了，绿油油一片，毛茸茸的碧绿笔直的茎，在梢头忽然叶片抱紧，圆乎乎的，犹如一个个婴儿举着小拳头站在那里，所以古人说"蕨菜已作小儿拳，嫩芽初成小儿拳"什么的，小拳头攥起来，蕨菜就可以采摘了。

蕨菜和很多菜的选择方法不一样，一般野菜蔬菜都是细弱的小的更嫩，蕨菜相反，蕨菜是茎比较粗的更嫩，采摘的时候，拦头一掐，那份嫩就感觉出来了，汁液饱满得很，就知道好吃了。

蕨菜怎么吃都好吃，融入性也很强。我奶奶一般都是摘回来用沸水煮一下，捞出来再用凉水泡一下，泡上一天一夜，这样就把野菜的苦味去掉。泡完捞出来控水，用手撕成丝，也有人用刀切成段，但总觉得不如手撕的好吃。撕完装盘就可以炒了，加肉片和简单的调料，保留其本身的鲜美。也可以凉拌，加辣椒粉蒜汁，同样鲜嫩可口。

天气一热起来，暮色四合的时候，我就把小方木桌搬到院子里，摆上小凳子。桌子凳子都是自己打的，选了屋前屋后的树砍倒，找了木匠，连续打几天，需要的家具就都做好了，木匠也不要钱，好好地管几顿酒，做几天像样的菜就好。桌子凳子牢靠结实，不用怀疑质量，打好后用砂纸打磨去毛刺，或者涂清油，或者干脆就这么裸着木色，新打完的时候，木香隐隐约约，伴着饭菜香味一起吃进肚子里。年深日久，桌上泛起包浆，亮亮地守护着一家人的生活。

我家的小木桌已经用了很多年，木纹还能隐现，有的地方已经有轻微裂痕。

我将碗筷摆好，奶奶的一盘炒蕨菜已经上了桌，这是我们昨天在山上摘回来的，主食是馒头和玉米粥，配粥有腌制的芥菜疙瘩，我最爱吃煮熟的，吃的时候从缸里捞一个，切丝，淋一点香油芝麻，很是下饭。园子里刚长出的小葱洗好放在小竹筐里，湿漉漉的，旁边的粗瓷碗是自己酿的大酱，如果今天有很累的活儿，奶奶会匀出几棵小葱剁碎，打五六个鸡蛋炒一盘，金黄细嫩的鸡蛋喷香，将猫跟狗都吸引过来了，于是奶奶上菜的工夫，我就负责蹲在小桌旁边看着它们别乱动。

小院刚刚扫过，篱笆上蔷薇正跃跃欲试打算开，花苞挂满了枝蔓，叶子随着一阵风来翩然浮动，暮色很快就漫上来，刚刚还在身边飞的蝴蝶不见了，一定是回家吃饭去了。月亮一点点爬上天空，灯也不用开，省电，角角落落都洒满了月光，温柔朦胧。

一盘蕨菜很快一扫而光，这样最好，没有冰箱，剩下什么都是浪费。

蕨菜在餐桌上存在的时间真的足够久了，早在先秦时代的诗歌总集《诗经》中，就有蕨菜的影子：

陟彼南山，言采其蕨。未见君子，忧心惙惙。亦既见止，亦既觏止，我心则说。

春天采蕨菜的女子，等不来相思的那个人，忧心忡忡，心事万千，与其说是给家里采蕨菜吃，不如说是借此无限春光去跟心上人约会。

许多的食物，许多的事物，之所以留在深刻的记忆里，是因为一个人，一份思绪，或者一个场景。食物是承载，时光是丝线，无论过了多久，也串联着那一份记忆。

吃蕨菜，也不是蕨菜的美味，而是那个季节，院子里的一桌饭与一家人，天上的月亮与远处模糊的山，形成了独特的记忆。

蕨菜流行了几千年，占据了餐桌几千年。近几年有研究说，蕨菜其实是致癌物，癌太可怕了，人们就不大吃了，于是蕨菜慢慢退出了餐桌。春来，它们肆无忌惮地摇曳在春风中，从稚嫩到苍老。但是有记忆在，蕨菜的味道注定不会很快消失。

力气巨大的腊八粥

○

爷爷每年都会在地里种一些黏黍子，黍子的作用不是很大，主要是撒年糕和黏豆包，煮腊八粥，包粽子。这几样吃食一年一度，用不了太多，所以种的数量也不多，但是不可或缺。我妈妈现在就总是抱怨包粽子没有黏米，超市里的江米根本就不够黏什么的。没办法，没有土地了，黏黍子成了遥远的记忆。

黍子地会有麻雀惦记，我爷爷最擅长做稻草人，将几捆稻草扎一下做成人的形状，从家里拿一件不穿的旧衣服给小人披上，再盖一顶破草帽上去，远远看去俨然一个人站在那里。小鸟怕人，于是就远远观望，不敢下来祸害了。我经常和小燕子她们去我爷爷的地里玩儿，拉拉稻草人的衣服，摸摸它的草帽。稻草人看起来憨憨的，我们可不是鸟，不怕这个假人。

今年去杭州一个岛上住，那里住着一个传播自然农法的日本人。他在岛上种了很多地，不用化肥，不用农药，亲手捉虫，遵循土地与植物互生的天然本性，将植物与大地都赋予灵性。但是有鸟儿，有大片的山和树木，也就隐藏着大量的鸟儿，为了防止鸟儿来吃他的蔬菜和粮食，他也做了一个稻草人，远远看过去，那个稻草人可能是被大风刮歪了，扭在天地中央，还伸出两只"手"来，远远看着，别说鸟了，我也害怕。

于是很想念爷爷做的稻草人了。

黏黍子地和谷子地挨着，如果范围大做两个稻草人，如果范围小就做一个，收获就会非常满意。

山里人的日子多简单啊，春种，秋收，冬藏，一年又一年，寡淡如水，平稳如钟，于是每一个节点都会过得充满仪式感，节日气氛隆重，过年要认真准备撒几锅年糕，腊八要准备一锅腊八粥，大家虔诚地遵循着自然法则，将节日过得行云流水。

腊八时，天寒地冻，是一年最冷的时候，雪落下厚厚一层，凌晨离开温暖的被窝爬出来，能冻掉手指。我妈和我奶奶，无数小村里的女人们冒着被冻掉手和耳朵的风险纷纷起来了，她们裹紧棉袄，打开门，一股冷风直直钻进来，于是缩着手，点燃昨晚就准备好的木柴先暖和暖和，等火旺起来，洗锅，将昨晚泡好的黄米、芸豆、绿豆、花生、红枣、栗子……有条件的还会准备一些核桃，如果实在凑不够八样，就再加入一点白米和小米。腊八粥，一定要八样粮食煮一锅，规矩一代代传下来，无人不遵守。

这锅粥煮的时间长，所以女主人起得早，一灶又一灶的木柴燃烧着，火苗"哔哔啵啵"乱跳，锅"咕嘟咕嘟"开着，豆子与红枣的甜香首先跑出来，满屋子游荡，有了食物的香气与柴木的烘托，隆冬的早晨就有了暖意。

锅里煮粥的时候，我妈会在空隙里准备一些小菜，炖一点白菜和冻豆腐，是暖胃的，再切一点小咸菜，是佐粥的，有时候也会提前做一些素什锦，芹菜、花生、黑木耳，清清脆脆，咸香美味，也是佐粥的美味。

等我们起来的时候，房间里的火盆红彤彤的，炕下烧完木柴，暖烘烘的，一锅腊八粥已经散发着香气盛在碗里了，几个小菜摆在桌子上。我们床也不赖了，跳起来就穿棉袄，棉袄我妈也一一都在火上烤过，然后塞进各自的被窝里，太舒服了。

热乎的时候赶紧吃一碗，栗子绵软，红枣特别甜，芸豆很面，腊八粥有趣的地方就是，对下一口充满期待，你不知道会吃到哪一种美味。煮腊八粥是我妈的任务，盛粥就是我爸的任务了，因为黏米粥的力气太大了，女人力气太小打不过它！

太黏了！有一年我们吃腊八粥，把剩粥收起来。说法是腊八粥要多多做，不能一次吃完，要连续吃几天才算吉利，来年的日子才会富裕。

大概快中午，我老舅来了，我妈打算给他盛一碗腊八粥吃，结果她的力气太小，一勺下去，生生粘住了拉不动，满满一勺子粥拉不出来。我们全体大笑，笑得喘不过气，最后我老舅这个大小伙子亲自动手，经过一番斗争将那勺粥拉出来才算吃上了。这样的腊八粥，越黏，越香，吃过饭，嘴里一层层漫上香糯来，米的油脂久久护住嘴唇，像涂了一层胶，唇齿间都润润的。

腊八粥最厉害的地方是经过一天的时间之后，晚饭的时候用大力气挖开一勺，挖到中间部分，那粥竟然还是热乎的——黏性太大，冷空气钻不进去！

大黄米真是神奇的东西，包粽子也是这样，粘牙，蘸着白糖吃；黏豆包好一些，因为会加别的面，又包豆沙，不是纯粹的大黄米了。

最厉害的还是腊八粥，大黄米为主，其余都是辅料，所以它霸气得不行，你要是没力气，是打不过它的。

○

小米饭

我们把小米饭叫作小米干饭，突出一个干字，可见不同于电饭锅里随便一焖的米饭。

小米重量太轻了，锅里的水一开它就顺着水势飞起来了，是的，小米会飞。如果你不知道，直接放在锅里煮，等锅开之后打开盖，它们就飞得满锅沿都是，收都收不起来，只收获一锅橙黄的米汤。

小米饭很难做。

淘米之后，将米放在锅里煮一下，煮的时候要时刻搅动，不能等小米飞出来。煮到七八分熟，用笊篱捞出来，捞米饭一捞三颠，还要用右手将左手腕压一下，控水，一整套动作行云流水，米里的水分在颠的过程中沥得差不多了，将笊篱倒扣在小盆子里或者蒸布上。如是反复，将煮成七八分熟的米从汤里捞干净，换锅，注水，加入箅子，将捞出来的半成品米饭放在箅子上隔水蒸，这个火候全靠自己掌握，直到蒸熟。

一锅小米饭，看起来简单，但是每一步都要求娴熟的技术技巧，锅下的火候，何时捞出来，早一分则硬，晚一会儿则软，需要经验判断；捞米时要掌握干湿技巧，也就是说，预留怎样的水分，有经验的主妇如果觉得米捞得太干，水分都控完了，再下锅蒸的时候，会舀一勺米汤淋上去。每一步，都需要掌握一个度，而这个度只能自己去悟，去掌握，在长年累月的实践中积累经验和技巧，别人教是很难教会的。

真正会做小米饭的人，蒸熟的小米颗颗饱满粒粒分明，看着明明就是生米嘛，但是它们团结在一起，只是保持着各自的自由，吃一口，嚼劲十足，米香浓郁。手艺不好，就会把饭蒸得软塌塌，大家都抱着团互相依赖，失去了个性。

吃食越简单的年月，对做饭者手艺方面的要求就越高。我们这里大米太少，只产小米，小米饭是家常饭。如果谁家有事要开席，主食想准备小米饭的话，那一定要请手艺精到的女人去帮忙。会做饭，是非常值得敬重的，主人会带着礼品亲自上门去请，要的就是一个面子。

经常有做饭手艺不佳的媳妇被婆婆骂到哭，没有人会同情。谁家女人太邋遢，做饭不好吃，收拾家务不利落，就会落入被嘲笑的境地，甚至没人愿意与其交往。

大家都差不多，生存就是一生的追求。会做活儿是最基本的生存本领，如果不会，就意味着你懒或者笨。想想那时候的女人也真冤枉，万一她不会做饭，但是数学好呢？画画好呢？只是没有机会去多方面开拓天赋而已啊！

最简单的饭食最能检验手艺，蒸一锅漂亮的小米干饭，或者手擀一锅筋道又修长的面条，大家反而对做菜要求很低，也没有什么可做的菜，过年过节炖肉烧鸡，土猪、土鸡随便杀了炖煮一下，香味就飘了半个村子，无须手艺……如果经常被婆婆骂或者遭遇嘲笑，要强的媳妇就会苦练本领，哪一天忽然露了一手，立刻就收获了全家族甚至一个村的尊敬。

男女很公平，男人做庄稼活儿也是一样，速度又快做得又好的那个男人，永远都有话语权。无关男权女权，男人做大部分的体力活儿，女人守在家里，经营着厨房。古老农耕时代的传统与潜移默化，让荒僻小山村里的人们遵循着男耕女织的法则，从不逾越，在历代的规矩里平平淡淡过日子。

我奶奶就有这个本事，她手脚麻利，做饭有条不紊，每顿饭端上来都金黄喷香，颗粒饱满，小米粒粒分明，不软不硬，不干不湿，有嚼劲又香甜。因而她很受敬重，谁家里有什么事要请客，都要先请奶奶来掌握厨房。

我喜欢看着奶做饭，每一步都精到利落，绝不拖泥带水，灶下架着木柴，禁烧，完美解决了需要有个人烧火的需求，然后从容地淘米捞米洗菜炒菜，一个人可以应付所有活儿。

小时候，春夏秋三季快到饭点我就跟着她端着青菜到河边去，一老一小郑重穿过晌午的村落直奔小河上游。那里的水最干净，奶奶淘米，我洗菜，水从指缝里流过去，像慢慢悠悠的日子，不停止，也不着急，该来的都会来，该去的自然去。

冬天就不行，冬天河里会结厚厚的冰，就用家里储的水来做饭了。

奶奶做的小米干饭有多好吃？

有一次我爸从地里回来，我奶奶已经将一盆小米饭做好了放在灶台上，我爸回来饿了就先吃了。菜是用米汤炖的土豆白菜豆腐，汤汁浓郁，泡上米饭，超级美味，吃一碗盛一碗。

那时候吃的少，也没肉，胃口就变得很大，加上累，吃小米饭非要吃到撑。也不知道吃了多久，等我奶奶去看的时候，他居然将一家人的一盆饭全吃光了，气得我奶奶找了棍子追着打他，我爸飞奔出去绕着村子跑。

这件事后来成了我们家的保留笑话。

○ 清粥

潘向黎写过一篇小说叫《清水白菜》，小说中的女主人公是个极爱米饭的恬淡女子，她煮出来的米饭，清香四溢，颗颗饱满，光看文字，就让人口齿噙香。白米是如此神奇的食物，既可蒸出筋道饱满的米饭，也能煮成糯软甘甜的清粥。

清粥是最家常的饭食，自然也不需要高贵的香米，普通的新鲜白米即可，洗过，泡过。傍晚，几缕夕阳的余晖打在灶台上，开始煮一锅清粥，只放米和水，还有一颗悠闲的心，简单明了。

煮粥过程很悠长，却并不枯燥。眼见着米和水陷入纠缠，米会一下子感知到水的温暖，开始觉得有点不适应，躲躲闪闪的。随着水一点点地沸腾翻滚，不停示好，米粒终于欢快起来，在水一波一浪的推动下，咕嘟咕嘟地跳着舞，随着热气徐徐上升，开出乳白的花朵。厨房里就会弥漫起淡淡的甜香，热乎乎的。这是米在慢慢地释放着自己，也是水在慢慢地融入米的世界。这时候，就要把火关到最小，小到可以让锅保持着咕嘟的状态，又不会让刚氤氲出来的热气散掉。

之后，米和水的生命进入另一状态，行动开始迟缓、安静，当米与水之间没有一丝的缝隙，稠且润泽，咕嘟声均匀如尘世的喧嚣，香气便徐徐地氤氲，是人间烟火的香气，也是幸福的香气。

煮粥的时候，心是静的，手却很少闲着，随便拿一本闲书，看两页，照顾一下粥，再返回来看，没有大起大落的情节，随便从哪里看起，只是一种消磨，洗衣机里转动着衣服；或者摘一篮子青菜，是晚上的小菜，菜叶子油绿油绿的，用清水泡进红色的小筐子里。为了配菜，再切了一盘雪白的豆腐。此时，孩子回来了，奔跑着去开了门，顺手将垃圾搁在门口……忙乱却有序，琐碎也掺和着静好。

朋友老是觉得我为一锅粥浪费了太多时间，她煮粥和许多人一样，放点米进去，加上水，调好电饭锅的火候，盖上盖子就可以了。吃饭的时候盛在碗里，有稀薄的米汤浮在上面，而米粒仿佛是受了什么委屈似的，悄悄地沉到了碗的最底下。事实上，米真的是委屈的啊！在这样的不受关注与注视下熬成的粥，只不过是填饱肚子的食物而已，米粒根本不肯释放香气。

米也会分享主人的好心情，然后变成自己的好味道来报答你。

粥快熬好的时候，锅里的米早就变得懒懒的，躺在水的怀抱里，惬意舒心的样子。而水早就化成袅袅蒸汽，缭绕四散，也有调皮的，钻到了米的身体里躲起来了。锅还是那只锅，锅里的水和米却不想隐入，水中有米，米中也有水，再也分不开了，如生命和经历，总会有抗争和激烈，慢慢便进入一种状态——互相依存，又并不干扰。

我是极爱喝粥的人，白瓷碗，小咸菜，或者一只腌出油的鸭蛋，是清粥的绝配。喝一口，黏稠润泽，牙还没有感知到，就滑到了喉咙里，唇齿留香，紧接着，是身体里的温暖与熨帖，心一下子就松弛下来。世事都远了，此刻只愿专心感知粥的美味，体味生活的眷顾，感知安静的、有粥可食的人生。

南宋著名诗人陆游曾作《粥食》诗一首："世人个个学长年，不悟长年在目前。我得宛丘平易法，只将食粥致神仙。"

被鸡鸭鱼肉和各种添加剂刺激的味蕾回归敏感，清香满口，余味不绝，清粥带给世人的福泽，是人如神仙。

宋代苏东坡有书帖曰："夜饥甚，吴子野劝食白粥，云能推陈致新，利膈益胃。粥既快美，粥后一觉，妙不可言。"

清粥的好处不仅仅是简单、养生、清香。

汉代医圣张仲景《伤寒论》述：

桂枝汤，服已须臾，啜热稀粥一升余。

清粥一碗，可养身心，可助药力。

青春飞扬的年纪，处处都是好风景，很难将自己关在厨房里为自己、为家人煮一锅真正的清粥，便常常用稀饭代替，哄骗的终究是自己的身体和心。

不知从何时起，开始有心思慢慢熬一锅清粥，好像没有着急要做的事，吃了亏，煮粥的过程便慢慢平复了心境。躲在厨房里，少了一些灯红酒绿，却多了许多闲适，心和味蕾都更敏感，对幸福有了更清醒的感知。房子车子票子，盈余就好，不求太多。身体的熨帖和糯滑的口感，成了第一需求。

我认识一个每日为自己静静煮粥的女人，连续遭遇背叛，离婚，财产被前夫转移，接着工作出了纰漏，失业。我不放心去看她的时候，夕阳跳动在西窗下，她敛目低眉，专注于面前的一锅粥，那么虔诚和安静。见我来，微笑招呼：来，我煮了清粥，我们一起吃。

清粥为伴，滋润身心给予生命营养，便不惧流年。

愿为自己慢慢煮一锅白米清粥的人，也会在生活的大命题中将自己慢慢地熬煮，不激烈，不偏执，不放弃，一点点让灵魂散发出香气。

血肠

进了腊月要杀猪，杀猪的日子，全村人都欢天喜地，因为晚上会有一桌丰盛的杀猪饭。而且杀猪的人家，晚上会在门前安一盏巨亮的大灯，把方圆二里地都照亮了，吸引了成群的孩子，这样明亮的晚上让人很兴奋。

亮一些是因为一头猪杀完之后还要烫毛刮毛将肉砍开分成份，收尾工作往往要延续到晚上。

女主人和赶来帮忙的女人们在灶间忙着做一餐杀猪饭，男人们则在外面将一头猪收拾整齐，孩子们在热气和明亮的灯光下钻来钻去，沉寂的冬日久违的快乐被翻起。

一年一度的杀猪盛宴中每一碗饭菜都浓香四溢，扑鼻而来。

杀猪饭通常要叫全村人都来吃，大家很开心地热闹一天，蒸炸炖煮，每一道菜都跟今天杀的猪有关，每一碟每一碗都鲜香浓郁，久违的猪肉香气飘溢半条街。

北方的杀猪饭中，酸菜白肉是主角，大寒的日子大家凑在一起热乎乎吃一锅酸菜白肉，大锅掀开，炖煮中热气腾腾的喜悦和满足就已经扑面而来。此外还有一些特殊点的菜，比如尖椒肥肠，特殊是因为肥肠这种东西，有的人巨爱吃，有的人则完全不吃，甚至要躲得远远的。讲究一些的人家还会做点有技术含量的菜，如锅包肉之类，总之极尽丰盛。

杀猪饭带给人的幸福度，不亚于过年。

老人们一边吃饭一边讲古，据说从前的杀猪饭没有这么复杂，那时候山里缺少调料，也没什么吃的，杀猪后，将猪肉斩成大块扔在清水锅里，简单放盐就开始烧煮，大半天的木柴硬火炖煮，炖到肉骨分离。如此纯粹的一锅炖肉香飘五里，大家分别捞起一块去啃，更多是迫不及待……

如今的杀猪饭就从容多了，大家还会慢慢喝一点酒，细数一下流年，至夜半方散。

猪浑身都是宝，猪心猪肺猪肚……最特别的是猪血，猪血粗糙，口感也不爽滑，不如鸭血细腻好吃，所以有的地方人不吃猪血，猪血都扔掉了。

但是北方杀猪后，最特别的一道杀猪菜就是血肠，血肠是猪血的舞台。

猪血的粗，正契合了北方的气质，简单直白，毫不婉约，毫不圆滑。

杀猪是很残忍的事，要杀的猪往往养了有一年，体积庞大，力气惊人，杀之前要找好几个精壮小伙子来摁住。猪预感到死亡的气息，恐惧导致力气剧增，身体动弹不得，绝望的猪就把所有的力气用在嘶吼上，猪临死时的挣扎和呼喊，是真的嘶吼。屠夫在恐怖的嘶吼中一脚踩在猪身上，手里的尖刀稳准狠直击猪的动脉，动作要快，不能下第二刀，尖刀拔出来，鲜血喷涌如泻，绝不能是飞溅，体现的是杀猪者的技巧和经验。

在这样的情形下收猪血，相当考验心理素质，要练就铁石心肠才行，不然真的不敢。

收猪血和收羊血基本是一样的，在杀猪的案子底下放一个盆，猪血最好放大盆，猪比较庞大，血相应也多。

猪死透，血流得差不多了，上前将盆子端走，猪的后继问题，就跟这盆血没有关系了。从此时开始，这盆未凝固的，还在冒着热气的猪的血液，就属于血肠了。

接血的盆子提前放点盐水，是为了使血不凝固，猪杀完血流净后，要快速把盆端走，用容器搅拌鲜血，不让血凝固，然后烧一锅白肉汤，大火炖煮，大概取肉一斤左右就好，然后在汤内加入各种调料、精盐、花椒粉、味精、芫荽等，将猪血倒进搅拌好的汤里混在一起，保证血肠的味道。

再去取猪的小肠，小肠要精心洗净，通常要洗很多次，入口的东西马虎不得。

猪血碎搅拌好，小肠洗净之后，用容器将肠子撑起来，将猪血灌进肠子，要灌得慢一些、瓷实一些，这样出来的血肠才不会松散。

肠子灌满血，用细线绳把口系紧，系成死扣，血肠就灌好了。

接下来，就是将灌好的血肠放在锅里煮，锅里加适量清水，大火烧开，整条血肠翻煮大约二十分钟，取出放冷水内浸凉。此时血和小肠已经完全凝固煮熟，也可以取下系口的线绳。

血肠非杀猪时不能做，它需要猪的鲜血、猪的小肠和猪肉汤，缺一不可。

吃的时候，取一条血肠切成薄片，一片片的血肠，外面是小肠衣，里面是暗红色的猪血，猪血粗粝，表面并不光滑，但是猪血搭配酸菜炖，是最普遍的吃法。冬天冷，热乎乎的炖菜是最温暖的菜，一锅酸菜炖血肠，也是最下饭的菜。血肠炖后口感细腻了一些，但是仍然保留着血的直白，这道菜的特点就是油而不腻，味道香浓，对于贫瘠的山里人家来说，这样的香近乎达到味蕾享受的顶峰。

血肠还有一种更香的吃法，就是煎。平底锅烧热加油，将血肠切片煎，煎到微微金黄，油脂触碰油脂滋滋欢叫，浓香四溢，久久不散。

听老人说，血肠最早的时候并不是食物，而是祭祀品，尤其是清朝以来，血肠大大流行。我的家乡靠近东北，流行灌血肠，吃血肠。

清朝皇宫内，每年年终岁尾，以猪为祭，在皇后宫中架大锅，杀生猪，并灌酒于猪耳内。杀猪后，剥皮割肉，大锅在宫中院子里生火煮食，也不能加盐等调料。煮熟后，从皇帝皇后开始，在场的阿哥王爷、王孙大臣每人分到一块肉，名曰吃白肉，意思是不忘底层苦，忆苦思甜的意思。

这样的白肉有多难吃，可以想象，所以古代的帝王皇后、王孙贵族，也不是很容易就能做的。这一锅白肉，可比百姓家的杀猪饭差远了。

满人的风俗，无盐无味的白肉吃完，猪血调和，洗煮小肠衣做血肠，依然在那个锅里煮熟，而后用来祭祀。

血肠比白肉好吃，于是慢慢血肠就变成了一道菜，吃血肠的花样也越来越多，渐渐成了北方一道风俗名菜。

我小时候是吃血肠的，尤其爱吃煎血肠，每次家里一煎血肠，我就循着香气跑回来了，迫不及待偷两片吃。

忘了从什么时候起，我就不再吃猪肉了，自然也不吃血肠了，可是关于血肠的美味记忆一直都在。

第三章

草木有心

○

葫

芦

葫芦是如此神奇的植物，我最不理解的是为什么家人都不爱种。我家的菜园很少出现葫芦，倒是隔壁老琴家的架子上，时常挂着三五个敦敦实实的葫芦。葫芦是爬藤植物，种几棵也要给它搭个架，老琴家的葫芦架搭得也很整齐，覆盖了大半个院子，等它们一点点爬上架子的时候，叶片密密实实遮盖着一方小天地。绿茵茵的葫芦架下，简直就是童话中的城堡，热烈的阳光落不下来，架子下放着竹椅，晌午都可以躺在上面睡觉，一边乘凉，一边看小葫芦们挂在叶子与木架间。没有成熟的时候，葫芦是青白青白的，玲珑可爱，我趴在墙头上看，羡慕得不得了，又不能去摘——我够不着。

葫芦有两种，一种是电视上那种，两个肚，太上老君装酒的，带着仙气。这种葫芦种子少，也太抢手，种了之后就会很多人来家里讨，不给不好意思，给了别人又都白种了，所以家家都不种。一种类似冬瓜，有个大屁股。这种葫芦劈开做水瓢，这葫芦长得太一般，除了吃和做工具没有观赏价值，也就没人讨，就像丑媳妇一样，安全。

葫芦是神奇的植物，既不属于蔬菜，也不属于观赏物，不属于瓜果，但是这些功能它都具备。

家里种葫芦是一件值得高兴的事，我家的水瓢用了很多年，水瓢表面都成了深褐色，都包浆了。水瓢经常被摔，所以经常裂，裂了就找人焗一下，有专门焗水瓢或者锅碗的匠人，过一阵就会来一趟。焗过很多次，已经开始渐渐沥沥漏水了，基本上不能用了，于是我奶奶就督促爷爷种几棵葫芦。

那时候的人真的很有趣，没有买的概念。水瓢坏了，要种几棵葫芦再割一个新的，如果扫地的扫帚坏了，就会种几棵铁树，铁树长大了修整捆绑一下，就是天然的扫帚了。

葫芦枝蔓长得很快，茎上长很多小茸毛，毛乎乎的，触须生出来后就要到处找架子找支撑来攀爬。葫芦的触须也好玩，是分叉的，整株都散发出浓郁的香气，隐隐的麝香味。葫芦花也很好看，硕大，白色，五瓣，纯净清透的白，花蕊是浅绿色，整朵花清新雅致，像情窦初开的少女，是纯洁的象征。

一朵朵纯净的白色花朵，单薄，娇弱，掩映在绿叶中间，气质干净淡然，所以结出葫芦也不俗气，远古时期的很多神话故事都以葫芦为法器，特别契合。如果换成黄瓜什么的，一根黄瓜武器丢出去——搞不好被人吃了，法力效果就差远了。

葫芦花美而纯洁，与世无争，傍晚开花，清晨凋谢，默默点缀夜色，不在乎有人欣赏。所以在日本，葫芦花有个好听的名字叫夕颜，它和朝颜正好相反。

葫芦藤开始攀爬的时候，就要搭架子，架子四四方方，等葫芦完全爬满就成了一个天然的避暑小屋，要多舒服有多舒服。

葫芦花后面跟着嫩生生的小葫芦，小葫芦翠绿可爱，一个个挂在架子上，悬在半空中，留几个做水瓢或者容器，剩下的就可以在嫩的时候摘下来吃了。

葫芦切片炒肉，或者炖或者煮，都很好吃，果肉白色，微微泛青，不要用酱类调料，保持它的清爽干净，盛在青花盘子里，足够赏心悦目。葫芦的味道跟它的长相一样，又清又淡，入口爽滑，有点脆，适合口味清淡的人。

葫芦一次摘下来是吃不完的，可以制作葫芦条，这样就一年都有葫芦吃了。

制作葫芦条的过程叫搜葫芦条，有个神器，将洗干净的葫芦坐在上面，不停转动，刀片就将葫芦一层层削成条。一个葫芦一根条，有多长呢，根本没有算过。葫芦条弄好后，摊在盖帘上晒，晒干，挂在阴凉处，冬天热水泡一泡，和茄子条、豆角条一样，炖炒都好吃，是对春夏菜蔬的延续，是山居岁月中寡淡冬月的美味。

留下的葫芦，就等它慢慢老去，当秋风一阵阵肆虐来袭，叶子都枯萎凋谢之后，曾经热闹的葫芦架空空荡荡，独剩的几个葫芦已经老去，黄褐色的表皮坚硬无比，它们挂在那里已经习惯了三季的风风雨雨，面对寒冷纹丝不动。等最后一片叶子也飘下葫芦架之后，地里的农活就差不多忙完了，这时候就找个空闲把熟透老去的葫芦们都摘下来，做成各种器物，剖开最大的，挖空中间的籽，就成了两个沉甸甸的水瓢。

种一回葫芦不容易，所以要做很多东西，找个漂亮的掏空用来盛酒，就是酒葫芦；把葫芦嘴锯掉掏空出去摘一把野花插起来，就是花瓶。葫芦还有一个神秘的作用，就是做成葫芦丝，可以吹出天长地久的调子。这个太专业了，完全不知道怎么做的，只是看过别人演奏，心向往之。

但是我们盼望了快一年，更渴望拿着一个葫芦出去大显神通，模仿孙悟空的声音对往来的人说一声："我叫你一声，你敢答应吗？"

没人理解这个愿望，葫芦总也到不了我的手里，每次想偷拿都被呵斥，大人太无趣了。

第一场雪落下的时候，干瘪枯萎的葫芦藤就可以扯下来烧火了，至于架子，如果它没有坍塌的话，明年也可以继续种豆角、黄瓜、丝瓜等爬蔓蔬菜，又会是绿荫一片，清爽两个季节。

葫芦的痕迹慢慢只剩新的水瓢，水瓢闲来无事就漂浮在打满水的水缸里，捞起来喝一口水，带着葫芦味儿，颜色也是青白青白的。我总是去用它喝水，一直到它成了旧物才失去兴趣。

○

野
百
合

野百合喇叭状，比种植的香水百合花朵小，花瓣细长，一枝两三朵，背向生长，花朵朝外，花蒂相对，环绕在一起，形成一个安全区域。

野百合的美丽不可忽视，虽然百合花用美艳并不太合适，就算是粉色的百合，也自有一股清新之态，比白色柔和一些，但并没有达到美艳的程度，但是野百合蕊心纤细娇嫩，迎风含露的姿态宛如大家闺秀，生在山野里无端让人惋惜。

恋人都爱送玫瑰，热烈而激情澎湃；夫妻都喜欢送百合，谁不期待一生一世一双人,百年好合长长久久呢？

含苞待放的百合最美，修长的花苞，娇嫩而清爽，蕊心微露，颤巍巍娇嫩嫩，花瓣张开一个小嘴巴，犹如一个小喇叭。这种鲜切百合抱回家插在蓄水花瓶里，第二天就会怒放，花香弥漫，有化不开的浓郁，花朵却清爽干净。如果温度适宜，能开一周左右，点缀居室一周的美好。百合虽柔美却有风格风骨，在插花造型中可做焦点花，独领一份美，也独领一份夺目光彩。

若是种在花盆里，百合花期就更长了，一朵又一朵，次第开放，每天都有新风景，整日芳香四溢。

百合是很香的花，一株花，一室清香。

想来，养花的人是最幸福的人了，很容易就获得喜悦。那种花开的美之惊喜，那种对植物生命的感知和感受，无不携裹着各自的灵魂，在人间留下一段独特的传说与完美。

追求灿烈，是花草的梦想，也是人的梦想。

但是野百合不用养，无须亲手种植护理，照样开得灿烂。

山里有很多野百合，每到春天开花，花朵又多又美，白色居多，纯净无瑕，也有橙黄的，花瓣上挂着星星点点的黑色斑点，有一种妖艳的美。

山里的百合虽多，却也只是自珍自惜，并没有人专门去看看花，抒抒情，野百合大部分也是延续了远古时期的作用——吃。

我最爱干的活儿就是采摘百合花苞，春意融融的时期，百合快要开放了，空气中都弥漫着花朵的甜香。我们约上几个人，挎着小篮子，为了吓唬狼和狐狸一定要带着包子。它跟在我们身后跳得老高，只有我知道它有多尿，它也就勉强能追追兔子，反正也追不上，不会发生搏斗，它连鹅都怕，遇见鹅就跑。

但是进山我们总爱带着它，尤其是我自己来摘花的时候，就一路跟包子说着话儿，它反正也不会跑远，总围着我身边转圈圈。

野百合比映山红娇贵，不是漫山遍野地开，需要寻找，也就需要运气。有时候我们沿着山坡走啊走，走到深山坳中，才会猛然发现一片百合的身影，百合并不是完全成片的，偶然在山路上也会遇到一棵，一棵太少了，我们都自动忽略过去。

真遇到洁白的百合了，那花苞似开未开，嫩生生的，我往往觉得无从下手，太不忍心了。但是小燕子雷厉风行，她总是手脚麻利，很快就摘了半篓，我不服气，也马上投入行动。过了晌午花苞上的露水蒸发干净，就不够水灵了，这可是家里的一餐下饭菜。

也有的花比较着急，早早开了，这样便逃过一劫。摘满一篓后，我们坐在山坡上歇着，见已经绽放的花朵素雅洁净，如仙子一般，花叶舒展，花朵清新洁净，毫不做作，也不张扬，如同素颜美女，一颦一笑全凭天然。那时候不知道，世上最难得就是天然二字，它拙朴是灵魂，清丽是本质，无一丝做态，无一缕俗情。百合是这样的，婀娜多姿，自珍自喜，清香而脱俗，秀美而不争。

山深处很安然，树木苍翠，野草葳蕤，如果我们走了，百合花也会恢复它们寂静又灿烂的生命，可惜，我们来了。

百合入药最早的记载来自汉朝《神农本草经》，明末诗人王夫之《咏百合》诗，也说百合的药用价值很是重要的，作用如此多，难怪直接就成了厨房和药房的宠儿。

百合入食，名堂很多，名菜也多，如百合炒肉片、百合炒山药、西瓜炒百合、百合莲子汤、冰糖百合、银耳红枣百合羹……有太多的汤类菜类可以和百合相配成为美味。

西芹炒百合也是饭店里最常见的普通小炒，娇嫩的百合嫩芽采下来晒干，封存，使用时用温水泡开，芽雪白、娇嫩，配了碧翠的西芹，不但赏心悦目而且美味。百合微甜，西芹脆嫩，简直是绝配，当然如果有条件用鲜百合，味道更佳，那甘甜鲜美入口绵长。

山里人对鲜花的观赏价值并不注重，对于所有的植物，都能开发出吃的功能。野百合开起来连成一片，如果长在山谷，那么这片山谷都是香的了。

百合混在茶里泡水喝，煮汤也很香，山里的饮食没有那么研究，不会煮银耳百合羹，但是百合娇嫩的花苞可以跟绿色蔬菜炒，取其鲜美和清爽，有微微的清甜气，也是比较清淡的菜。百合好吃好看，最主要是好看，像画，所以在春天，山里人只要有时间就会去采摘一些百合花苞来清炒，丰富餐桌。

曾经有人专门抵制过西芹百合这道菜，是觉得将如此娇嫩的百花花苞用猛火摧残，成为食物，太残忍了。只是，这抵制在吃货的眼里轻飘飘的，吃百花不犯法，更何况，百合再美再娇嫩，也不过是一株植物而已，而人类的认知中，植物是没有生命的。

一叠百合白得如玉，绿得清脆，放在那里，已经是养眼的佳肴了。

爱百合的人分两种，一种是赏花的人，跑了很远的路，只为它花开一期，美丽一隅。另一种是采花的人，将花朵采摘插瓶供养，这份残存而短暂的生命给居室带来一段清香而素雅的时光，或者干脆将百合炒一炒，煮一煮，能入口腹的美妙滋味，也是一种喜爱。

百合清新素净，名字也寓意吉祥，却自带忧伤，含露的百合花恰如美人清泪，端然净逸中一股清愁。它花开清淡，盛极时也并不热烈，一直都是淡淡的。

完全盛开之后，百合花就失去了实用功能，女人们进山遇到了，也会心怀喜悦，摘几朵回来插在闲置的陶罐里，灌满水，看着它水灵几天。

百合也叫忘忧草：永日向人妍，百合忘忧草。

大概是百合开得太美了，让人见之愉悦，完全忘记了忧愁：尔丛香百合，一架粉长春。堪笑龟堂老，欢然不记贫。

陆游更夸张，他对百合的喜爱更深切，闻见花香，见得花开，喜不自胜，连当下的生存困境都忘记了。

赏花看雪，并没有什么具体意义，不能饱腹，不能解渴。可是就是这些华而不实，看起来没什么作用的美，舒展了心灵，唤醒了内心深处的愉悦和萌动，从而对生活生出新的希望。

○
杏
花
天

　　北方，杏花大概阳历三月开，天气乍暖还寒，比南方晚开一个月。

　　村子里种植的杏树有限，杏子的实用价值不高，不像桃子，因为爱吃，好吃，几乎家家都在院子里种桃树。杏子口感一般，大多数是酸的，吃多了胃不舒服，所以家里杏树少见，相反的是，山里到处是杏树。

　　山坡沟壑，村边地沿，平时不起眼，一到了开花时节，举目四望，你会发现山间田野到处都是野杏树。这些杏树没有经过嫁接，野性、随意生长，水分也不足，所以杏树成长得很慢，导致木质坚硬，需要的时候砍一棵老树回来做家具，多少年也不会坏，也有很多人因此用杏树木做扁担。扁担在山里作用很多，车辆不方便的时候，很多货物都要用扁担挑，挑水更是每天都需要完成的工作，结实的扁担也很重要。

砍伐杏树并不普遍，都是偶尔为之，老树为上。山里的杏树全是野杏，野杏意味着杏子更难吃，酸涩无比，个子也小，几乎没有人会食用。

但是野杏花开得灿烂，杏花挤挤挨挨开得密实，无叶而先花，花朵比家里种植的要小一些，颜色近乎浅粉。杏花花朵不大，圆圆润润的五个瓣，花蕊纤长秀丽，比桃花少一分风情艳丽，比梅花又多一分柔情。

一枝杏花很好看，疏影娇俏，雨润姿娇，是早春的一抹柔情；一株杏花也好看，映衬着荒寒的背景，花瓣纷纷扬扬，宛如世外；但是整片杏花一起开，如一片云霞降落，人在云中，云在人间，铺天盖地。

杏花开了，整片天，整个人间都是杏花的了，余下的一切都黯然失色。

诗人爱说红杏，描述杏花多用红，其实杏花真的不是红色的，最起码我家这漫山遍野的野杏花不是红色的，粉白或者白粉，一朵或者一枝毫不起眼，一棵树或者一整片连起来，忽然就有了气势。杏花开了，人心里也弥漫着浪漫气息，走过杏花中，心里的花也开了。

山里的树，无论是杏树还是松树，肆意生长就是了，没有大面积的人为种植，也没有大面积的砍伐。一年又一年，老树新树叠加，形成了规模，野杏是最具规模的树了。

杏花给人的感觉是静，它开得安安静静，天气还不够暖，也没人打扰这些恬淡。小说中的狐狸精都住在开门即杏花的深山里，随意，潇洒，不染世俗，与人间无关。桃花就风情了一些，预示要和人生情了。

梨花又有点幽怨，要被抛弃的感觉。

杏花天，每一朵杏花都摇曳在山野，万古寂寞，千年修炼，会不会成仙？

杏花没有什么用处，摘一枝回来插在瓶子里，也不必专门上山，啥时候路过啥时候摘就是了，所以杏花们兀自开在山间，又近在眼前。

早上睁开眼睛，山岗上，弥漫着白粉色的云雾，下过雨，雾就朦胧一些，晴天，雾就清朗一些，连成片，覆盖着山川大地，掩盖了初春本来的颜色。我经常有刹那的恍惚，觉得山原本就是这个样子的，一直云雾漫漫，全是杏花色。

想必，大山嫌自己颜色太单调，就扯落了一天的云霞，这云霞贪恋人间景色，日日夜夜灿烂着，也不肯离去了。

大人对年复一年的美景无动于衷，我们倒常常到杏花树下钻来钻去，不懂得美，只是觉得静谧。花瓣雨飘然而落，树丛下草叶间，全是落下来的花瓣，有小溪的地方，溪水载着花瓣，慢慢向远处流，谁也不知道会到哪里去，溪水清凉清澈，花瓣被清洗得湿漉漉的。没有水的地方，树下积了一层花瓣，并且还在慢慢堆积。

躺在花瓣上望着天空发会儿呆，天空悠远得不像样子，花瓣雨落了一身一脸，柔软又调皮。多年后才意识到，我曾经生活在诗画之中。

杏花疏影里，吹笛到天明的意境太唯美了，不适合这漫山遍野的杏花，这份盛大，无边无际，如云如雾。无人吹笛，笛声也不够阔达，无法匹配这恣意挥洒和波澜壮阔。

很多时候，就这样躺在杏子林中，没有笛声，不见疏影，花朵密密实实铺天盖地，唯一的音乐是鸟，各种鸟隐藏在树上，乱七八糟地叫，一点章法和旋律也没有。

杏花开的时节，女人们没有啥事儿。我爷爷他们倒是经常上山，但是他们男人本就对花朵无感，更别说这随处可见的杏花了。

杏花落后，青杏挂在树梢，悄悄上线了。杏子比杏花直白，杏花是柔情万种的少女，青杏是懵懂的少男，傻傻的。

花褪残红青杏小，是最美的一句描述青杏的诗句了，吟出来，便有了微酸意，口里泛出酸水。

杏子的作用比杏花大。

到了秋季杏子成熟，家家就带着口袋上山去了。山区的好处之一就是，临近村庄的每座山都分产到户，这座山分给你家，那么保护林木、采摘瓜果，或者砍柴之类一应生活所需，就都归你家来支配。

野百合或许只在一座山里有，谁有空谁去摘，反正并不是重要的作物，但杏树是。每一座山都有杏树，成熟的季节，大人们穿戴整齐，将自己隐身在杏子林中，飞快地摘杏子，一麻袋又一麻袋，女人手脚麻利负责摘，男人力气大，就负责运回家。

杏子载回来摊在院子里，有的果肉已经烂掉，露出坚硬的褐色杏核，这才是真正的宝贝。

我的家乡特产是杏仁露，每一朵曾经灿烂过的杏花，都跟着一颗杏子，杏子的内核收集后晾晒，会有大批上门收购的商人，杏核这种东西，有多少就能卖多少。所以收杏子的季节，基本上是抢，杏太多了，摘不完，抢多少是多少，家家户户不辞辛劳，没日没夜去摘杏子。

再晚一点，杏子成熟后就都自行脱落了，烂在树丛里，烂在树底下。这时候依然要每天提着口袋上山，在烂杏间捡杏核，捡到多少都能变现。后来，杏核就落入泥土，杏的一季结束了，有的杏核落入泥土，等雨水丰沛，适时生长，来年又是一棵小杏树，夹杂在老树间。就这样一年又一年，所以杏树才越来越多，杏花天才如此壮观烂漫吧。

○
山
里
红

作为北方人，对山楂最直观的感受就是冬天无处不在的糖葫芦，一串又一串鲜红甘甜的美味，点亮过多少孩子的冬天。

奶奶家院子里有一棵巨大的山楂树，树干粗壮，枝繁叶茂，每年秋天，树上挂满了山楂，红艳艳藏在叶子里，像挂了满树红灯笼。

我们也叫它山里红，说快了就是"山了红"。

树很大，巨大的树冠犹如张开一把大伞，将大半个院子都给遮起来了，粗粝的树干上挂着鸡笼。每天傍晚鸡们回来了，直接飞上树，在树杈上就睡了，也有几只听话的，会乖乖回到笼子里，等入夜要锁院门的时候，我爷爷出门将笼子扣好，鸡们一动不动，早就进入了梦乡。巨大的树冠在风中沙沙作响，只有树是不休息的，它日夜都在生长。

山楂树春天开花，碎米一样的小白花，掩映在小小密密的叶子中，果子随后就生，青青的小小的，藏在叶子里。山楂年年丰收，生命力特别顽强，每一根枝丫上都挂满了沉甸甸的果实。秋天，树冠总是弯着，再性急的孩子都能等到山楂慢慢变红，它青的时候太难吃了。

白天我有时候也爬到树杈上去玩一会儿，站在至高点俯视一下全村，视野辽阔，能看到从远处山坡上走来的放羊人。

我妈常常说，怀我那年嗜酸，也没啥别的可吃。秋天山里红成熟了，就一筐一筐打下来，看着鲜亮喜庆，吃起来绵甜酸爽，我妈就吃山楂缓解孕吐，后来她就吃伤了，看见山楂就泛酸水，这辈子都不再吃山楂。

山楂树很有年头了，谁也说不清是哪年种下的，粗壮的树干上树皮皲裂着，我小时候都抱不过来。那一柄巨大的树冠，犹如保护伞，一到夏季，树荫下就是一片清凉地，树底下时时放着凳子小椅子，早晚两餐饭可以在树下吃，清凉，山里没有闷热的天气，再酷暑的时候也会有风，风一来，满树的叶子就"沙沙沙"唱歌，不知道它们是不是唱的它们小时候的歌，听也听不懂，只知道旋律很美，又自然又流畅。

夏天树底下是宝地，聊天，吃饭，纳凉……有时候也很不幸，树上会掉个虫子下来，很可怕。反正树也不会打药，虫子也好，果子也好，叶子也好，谁都可以随便生长，大家相安无事。

现在我也很爱山里红。

山里红真是很好看的树，秋天，枝叶依旧繁茂，一颗颗小小的果子挂在枝丫间，层层叠叠，将树枝都压弯了。叶子很绿，天很蓝，果子呢，越来越红，越来越红，竟像许多许多的小灯笼挂在树梢。山里红比枣子还好看，枣子是一枚一枚单独生长的，山楂却是一嘟噜一嘟噜的，一个梢头要好几个果子，沉甸甸的，鲜艳耀眼。

山楂红彤彤挂在树梢，摇摇欲坠，预示着丰收和成熟。我找来一根竹竿，在瑟瑟秋风中将果子悉数打下来，叶子和小树枝、红果子落了一地，我将果子精心挑拣出来，放在筐子里。

一颗颗拿起来用筷子捅一下，将果核和籽都捅出去，洗干净放在锅里加清水和一比一的冰糖煮，煮到软烂，一瓶瓶收进小罐子里，放进冰箱冰一下，这是最简单的做法。等冰好了，打开来用勺子吃，汤水酸酸甜甜特别开胃，果子软烂，失去了酸味，味道平和了很多。没有人不爱吃糖水山楂，这酸酸甜甜的味道，开胃又开心，我每年都会做几罐，只是自己做的糖水山楂跟买的罐头不一样，没有防腐剂很容易坏掉，要尽快吃。我都是做一些送邻里朋友，也有朋友会做了送我，手工的味道，自然的味道，情义的味道，都在其中了。

果子太多了，煮一点水真是九牛一毛，于是剩下的再挑一部分收拾一下，去籽，煮到软烂后捣成果酱，也加冰糖，捣好后挤入几滴柠檬汁，分别装在小罐子里，也是因为没有防腐剂会很容易坏掉，要尽快吃，要尽量密封。

早餐烤两片吐司，将自制的山楂酱抹一层，配一杯咖啡一个煎蛋，安全美味，不过做果酱、山里红比苹果就差一些味道了。山楂果酱也可以做菜，酸甜口味的菜直接放酱，简单省事，颜色也美。

另一些，洗干净，切成片，这个是技术活儿，山里红多小啊，要切片很容易切不匀。我一个朋友会切很多，放在竹箕子里，摊开来晒，每天翻一翻，直到完全晒成干，收进密封袋子里，这样晒完之后很好放置，不会坏掉。谁有肠胃不舒服不爱吃饭了，拿出几片泡水喝。炖牛肉的时候，山楂片就成了宝贝，随便扔进锅里几片，牛肉保证熟得快又软烂，不会嚼不动。

山里红是果子，也是我的食材和玩具。

这棵树后来砍掉了，院子里变得光秃秃的，风吹过来的时候，再也没有了树叶的吟唱，秋天一树红彤彤的果子也隐进了记忆深处——山里红的作用本来就不大，它就是点缀而已，有和没有，对生活丝毫没有影响。

○
青
青
草

青草和山里人很像，葳蕤、坚强、卑微，长得简单质朴，却拥有顽强的生命力。草也低，很少有小草长得高的，我们现在说起小草，脑海里出现的就是绿油油的草坪，低矮、规整、团结而美，没有一株是逾越的，规模成就完美。

其实草不是这样的，真正的草地五花八门，各色野草葳蕤成长，特点昭然却又泯然于众草中间，你不认真去寻找，什么都发现不了。

牛耳大黄很普遍，长得高，爱水爱湿地处，叶子长又宽大，像是青菜，常年生活在山里的人都知道这草是宝贝，能当药材来用。

蒿子也普遍，蒿子长得修长，颜色不是翠绿，而是雾蒙蒙的绿，浅浅的，发白，叶子锯齿形，笔直笔直生长。蒿子有些苦味，老远就能闻到，所以动物们都不吃蒿子，割草都跳过它去，但是蒿子很好看，只要长起来就是一片，灰蒙蒙的，轻轻拂动叶片，一副与世无争的样子。蒿子是最多的草，牛羊不吃，不遭祸害，但是它有十分重要的作用——熏蚊子。蒿子生长的地方最干净，蚊虫从不靠近，连蝴蝶蜜蜂都绕着它走。我喜欢蒿子清苦清苦的味道，如果说花香草气能润心，那么清苦的蒿子则润肺，深深吸一口，畅然。

如果小孩子被蚊虫叮咬了，痒，也不知道深浅，会用手去抓，往往抓到流血，增加感染的风险。大人发现了，随手拔几根青蒿子揉碎，挤出草汁敷在叮咬处，很快就消肿不痒了。

紫花草最美，紫花草是我给它取的名字，山里有太多这样不知名的小花草，独自葳蕤，独自成歌，生命热情不减。

谁能想到美美的紫花草是猪的最爱呢，割草路上如果遇到一片紫花草，就不用再走远路了，猪吃紫花草的画面也很滑稽，好花居然被猪拱了。

紫花草其实应该不算草，是野花，五个瓣的小野花，花朵俏丽，花瓣不算圆形的，而是有一点点方。成片成片的紫花草，美到炫目，紫花草长得也多，连成一片，蔚为壮观。现在在城市里，它有个名字叫黄瓜草，花店里很多卖的，买回来养在盆子里，放在阳台上，这些曾经的山野小花草，是住在高楼上的人们与大自然一丝倔强的连接。

还有一种草也是如此待遇，从山野的粗粝中登堂入室，成了城市阳台的宠儿，那就是铜钱草。铜钱草也叫积雪草，路边河边山坡里，到处都有它们的影子。铜钱草长得圆圆乎乎，纤弱无助的样子，像养在深宅中的小闺女，看着弱小，实际上生命力十分顽强，弱弱的美，又长得吉利，叶子好像一枚铜钱。

有一种草我们叫它拉拉秧，趴在地上生长，叶子小小的、碎碎的，但是藤蔓盘根错节，长一段就扎下根，依附在大地上，一棵草就能长成一片草地。拉拉秧的扎根能力太强了，这种草我都不碰的，因为它紧贴地面生长，你没法用镰刀来割，用手拉的话，三五步就是一个根，想拔起一根草，需要不停地拉动它的根，将泥土翻过来，很容易就断掉。你永远也无法真正徒手拔起一棵拉拉秧，拉拉秧这种超强的自我保护能力，真的让人敬佩。

后来才查到拉拉秧叫地锦草，长在野外还好，不去碰它就行了，最怕它长到菜园里去，太难清理了，锄头除不尽，手拔也拔不尽。一棵拉拉秧长进菜园，就有了统治世界的意味，拿它没有办法。

马齿苋也很常见，却又有另一种麻烦，采割马齿苋的时候千万不要去触碰它的断处，它会分泌一种白色的汁液，像牛奶一样浓稠，粘在手上很难清洗，又不舒服。但是马齿苋很好吃，人类多聪明，采摘马齿苋的时候会戴上手套。马齿苋最不怕热，盛夏的时候它厚厚的叶片会分泌水分，所以它能一直保持鲜活的生命力，越是炎热的夏季，越鲜亮可爱。

蒿子的味道，马齿苋的汁液，拉拉秧盘根错节随处扎下的根，都是强大的自我保护能力。草和人其实没有什么不同，紫花草最弱，所以成了猪草，但是它美丽可爱，又登堂入室，成了阳台上的风景，不必被猪吃了！

再没有比草更好看和神奇的植物了，它们明明各异，却又统称为草；它们明明是不同的植物，却生长在一起，从来也不分开。一株草小到忽略不计，连成片惊天动地。

草才是真正的君子，聚能安天下——浑然一体，蔚为壮观；散可度人，心性特性独立性，保持着自我，从不随波逐流。

山里少有平地，土地高低起伏是常态，这儿有一条溪，那儿有一条河，随处可见山谷，但是青草长起来的春夏秋就不一样了，它们填平了起伏，低头，草盛春深，远望，接天连地。草们无所求，所以也就无所惧，一下子就成了规模。

南水泉

出了奶奶家门向南走，顺着小河一直向南，远离村落的山脚下，有一眼泉水。我小时候，这眼泉水有一捧那么粗的水柱，日日夜夜从小斜坡的泉眼处砸下来，泉水清澈白亮。因为在村子南边，得名南水泉。

这是一个著名的地方，也是一个著名的地标，牵牛出门放的时候，遇到邻居如果问一声："到哪里去放？"

回："南水泉。"

南水泉存在于最老的老人记忆里，既然是永不干枯永不停止的泉水，那么它一定是老早就存在这里的，或许比村庄还早，比每一个人都更早守候在这里。

南水泉不紧不慢，日夜不停息，居然也流成了一条小溪，溪水蜿蜒无拘束，哪里低一些就拐到哪里去，遇到高的地方就算了，一点也不执着。如果下一场雨，溪水就像得到了帮助，会拓宽一些，形成奔流的势头，但是过几天雨水蒸发和渗入地下了，小溪又恢复了之前的平稳，蜿蜒向前，唱着"叮叮咚咚"的山歌。小溪流到奶奶家门口的坡地下时，汇入一条小河，水遇见水，变得更强大。小河绕村而过，岸上青草肥茂，野花摇曳，是村子里最灵秀的地方。

从地下流出来的泉水，清澈甘甜，牛羊都爱喝，人也爱喝。在地里干活久了，就走过去趴在泉眼处喝上两口，沁凉，直达心底。因为是活水，年年小河冻冰了，泉眼处依然如此，水流从没有变动。

有一年大旱，庄稼都枯萎了，没有收成，大地皲裂，整整一个夏季都不下雨，出山是出不去的，出去了去哪里呢？谁也没有钱，没有任何生存方式。所以一村人都守候在家里，维持着最基本的生存，吃余下的一点粮，节约着井里的水，谁要是浪费水，就会遭到大家的唾弃和鄙视。

到后来，井里的水也快干了，源源不断地取水又不下雨，地下水没有得到补充，于是井里泥沙混杂，水位越来越低。

没有雨，庄稼死了，没有了水，人也会死啊！

很多村子开始绝望，人们发出了濒死的呼号，日日求雨。只有我们村的人还很笃定，因为有南水泉。

那一段时间，从早到晚，起床的人们端着容器，默默来到南水泉这里排队，没有人带桶，因为桶太大了，盛满需要太久，后面的人等不及。大家默契地用盆来接水，这眼小泉水似乎不懂得人间的变化，依然默默流淌着，"咕嘟咕嘟，咕嘟咕嘟"。这是救命的声音，一盆又一盆水满了，谁都不着急，因为水虽然小，却总在流，细水长流，人间有望。

接水的人耐心等待着，盆满了就端着离开，一路迈着小小的步子，一滴水也不能洒。这些水足够一家人一天的用度，如果不够了，下午就再来接一次，慢慢等待，水总会满盆的。

南水泉帮小村渡过了一次危机，后来雨终于来了，井水慢慢上升，再也没有人来这里接水——太慢了，一盆水也要等大半天，谁都知道它会一直流，谁都知道不能指望这点小小的泉水过日子，日子太长了，水太慢了。

南水泉是村子的点缀，也是村子的希望。

泉水边的花草比别处更水灵粗壮一些，因为水气的滋养。我也爱在这里玩儿，水太干净了，一路流过，石头越来越光滑圆润，泥土经过洗涤，也焕发出洁净的光彩。站在小溪里，或者站在泉水边，洗洗手，冲冲脚，洗把脸，躺在草地上静静听一会儿水流的声音，它像流动的母亲，总是微笑注视。

每次回到家乡，无论多累，我都要赶过去看看南水泉的水。

有时候跑着就去了，有时候蹦蹦跳跳地去，有时候慢慢走着去。

而今，我已经人到中年，常年坐着工作，很少锻炼，踩着沾染了尘土的鹅卵石走啊走，怎么总也走不到，原来南水泉距离家门口有这么远？并且小溪呢，连个痕迹都没有了，一路乱石零散，土壤混杂着垃圾，热浪滚滚，空气中流淌着的，已经不再是水汽，洁净与清凉都消失了。

有一阵我甚至陷入了自我怀疑，我走的这条路真的是到南水泉的路吗？它怎么忽然变得这么远？但是我知道没错儿，是我的体力变了，是小溪没了；我变得迟钝而沉重，小溪老了，不再活着。

真正走到那里的时候，我已经气喘吁吁，那一眼泉水更加让人心变得不安。

"咕嘟咕嘟"的流水声不会再有了，南水泉变成了一条细细的线，有气无力地流出一点水，依然是日夜不停，保持着它的节奏，但是再也无力形成小溪奔流了。

我蹲在水泉旁边，伸出手去接了一下水，水流顺着我的指缝滴下去，世上哪有不变的事物，总以为天长地久也不会断流的泉水，竟然只剩下针管那么细小的一点水了。此时的南水泉，只够濡湿它周围的一片土地，那里的小草和野花们长得无比茂盛，它依旧在力所能及滋润着身边万物，只是范围缩小了。

不知道是谁，用石头垒了一个小小的围栏，石头围栏有一些日子了，遍布了青苔，这人将它圈在里面，是想给泉水做一个主权宣示吗？还是一种保护，一种爱惜？围栏里的土地永远是湿的，一汪小小的水，像个用尽了力气的老人，再也无法贡献出能量了。

失去了水的南水泉，依然叫南水泉，已经拥有自来水的村子，对南水泉的感情又淡了几分，但是失去了水的滋润和洗刷，整整一个村南，都变得脏兮兮，连沿途的草都无精打采，身上挂着沉重的尘埃。阳光在土地上肆意跳跃，小草们失去了清润，沿途的石子也因长久没有河水的冲洗裹满了尘土，小小的一眼泉水，改变了一切。

　　我默默走到失去了生命力的南水泉，又默默走回来，心上漫过一丝茫然。

○
马
莲
·
苇
叶

我姥姥每年都在院子里种几株马莲，马莲花是蓝色的，亭亭玉立，傲世万物。马莲的叶子形同兰花，修长飘逸，能长到很长，叶子韧劲十足，具有弹性。

马莲密密长，像不透风的样子，但是长着长着就修长起来，最高能长到一米。叶片摇曳生姿，如果一阵风来，每一片叶子都飘摇着，马莲的叶子太好看了，我还没有画画概念的时候，就在沙土地上用小树枝画马莲。现在每当拿起笔，画长长的草，脑海里还是会浮现出马莲的影子。

但我姥姥种马莲的目的可不是因为它好看，更不是为了欣赏，我姥姥是为了包粽子。

她对任何节日都充满虔诚，进了五月，就开始找苇子了。苇子和马莲不一样，野生的苇子高大，喜欢潮湿，通常都长在水渠或者水塘、沼泽里，家里完全无法种植，不然我姥姥也会自己去种苇子的。

所有人家都要包粽子，苇子叶是包粽子的必需品。一到五月，满村的闲人都加入了寻找苇叶采摘苇叶的大军。采苇子叶是很脏的事，因为水渠里淤泥重重，人只能站在岸上向水里去摘，去够，水塘是死水一片，很浑浊，岸上也是杂草丛生，泥沙混杂，站在岸上摘，也不敢真的下到水里去，水塘里太危险了，很容易溺水。最后的结果就是靠近岸边的苇子都被采摘得光秃秃的，叶子都被摘光了，水塘中心完整的苇子们迎着风挥动着完整的叶片，向靠边的这些苇子发出一阵阵嘲笑，太秃了！

近处水塘边的苇子抢完了，就到远处去找，只要有恒心，一般都能摘些苇叶回来备用。我姥姥经常能抢得上，她没有别的事，苇叶刚刚成熟，她就开始采摘了。抢不上苇叶的人家也会满心焦急，谁不想吃粽子呢？可是又不能用树叶去包，就去问别人借，姥姥也不贪，多余的就送人了。后来人们不再这么单纯了，许多人还没到时候就开始采摘苇叶，远近十里都能让他们采完，然后捆起来，一捆捆卖钱——都是野生的苇子，太钻营了。

我姥姥也去买苇叶，转过身就骂太缺德，野生的东西都能拿来赚钱。但是卖苇叶的人又不怕挨骂，所以拿他们没办法，大家就只能去买。

苇叶很锋利，洗的时候姥姥从不让我们上前，顺着叶脉清洗最容易割到手，不小心划一下，瞬间血珠就冒出来了，像小刀一样，厉害得很。

苇子采回来就放心了，这时候该马莲上场了，马莲就种在院子里，不担心被人抢走。寻个空闲的日子，将马莲割下来，一起洗干净泡软，米泡好，枣子栗子花生都洗好备好，摆开阵势开始包粽子。

苇子叶细长，姥姥擅长包大粽子，三片叶子叠在一起，捞一勺米放进去，枣、栗子依次塞进米中，苇叶三折两折，一个结结实实的粽子就包好了。抻一根马莲捆好，放到水里转一圈，浮在表面的米粒就都洗掉了，一个粽子成功。

包粽子一年一度，一定要多多包一些，显示日子的宽裕与食物的丰盈，直到一个大盆里的粽子冒了尖，米用完了，才会收工。

院子里最大的锅烧一锅热水，将包好的粽子一股脑倒进去，禁烧的大木柴塞了一灶，旺火舔舐着锅底，很快就开锅了，热气腾空而起。苇子与马莲的清香混合，混杂着米的香，几种滋味交杂在一起，随着开水"咕嘟咕嘟"地翻滚，氤氲在小院子的上空。

煮去吧，粽子很难煮，越大越难煮，有时候要煮整整半天，或者一夜都不断火，小火咕嘟着。夜里记得起来添一次木柴，保持小火不灭。

这样煮一夜，早上起来掀开锅，香气直冲屋顶，捞几个在盘子里，端上桌做早餐、午餐、晚餐，煮粽子的那一天就不用吃别的饭了，有粽万事足。

我家吃粽子仪式感也十足，一盘煮好的粽子上桌，平日不用的小碟子洗好拿出来，碟子里放白糖，剥开一个白白胖胖的粽子蘸白糖吃，也要煮一些菜，吃粽子很配炖菜。我对粽子说不上特别喜欢，也不反感——终归是节气里的美味，是一次生活的小小改善。

但是我喜欢马莲，马莲安安静静生长在园子的角落里，舒展修长，与世无争。马莲花也好看，清雅秀丽。

所以我每年都试图阻止我姥姥包粽子，不要将好好的马莲给祸害了。我姥姥才不会听我的，等我回家了，她就会把马莲的叶片一片片揪下来，用来捆粽子。她说马莲捆的粽子。清香更浓郁，没有马莲的粽子就不好吃，应该叫假粽子。

我就想等一株马莲开花，等得都快长大了，似乎永远也等不到，失去了叶子的马莲马上就停止生长了。别人家都没这么讲究，粽子随便用麻绳捆一下就好了，所以我再也没见过别人家种马莲的，只有我姥姥最讲究，包粽子一定要新鲜的苇子叶、新鲜的马莲叶，缺一不可，无论日子多艰难她都要准备这两样东西。

吃粽子的时候，我们也被勒令粽叶和马莲都要小心解开，放在桌边，谁随手扔了要挨骂。

大家都吃完了，桌子上积了一大摞粽叶和马莲，姥姥将它们收进筐子里，拎到小河边去清洗。在河水的冲刷下，沸水煮过的粽叶和马莲都恢复了干净的样貌，只是颜色变浅了些，不再翠绿，微微有些枯黄了。姥姥将它们挂在背阴处，一挂就是一年。它们很快就干透了，经过了风吹日晒，颜色更浅淡了，如果来年没有时间去采新鲜的苇子叶，或者马莲没有长到足够修长，这旧的风干的苇叶和马莲放在水里泡几天，每天换换水，泡软，韧性就又出来了，继续用一年，也比麻绳好用。

苇叶和马莲的粽子，一年一度，所以盼望中迎来十分满足。现在物质丰富到丧失了节日感，随时都能在超市买到粽子。姥姥去世后，再也没有看见用马莲捆的粽子了，买来的粽子都是用麻绳捆，吃的时候解下来就顺手扔垃圾桶里了。

不需要马莲包粽子了，马莲却成了城市路边的观赏物，小区门口的马莲种了一畦又一畦，滴翠一样地绿着，每天看它们伸展着修长的叶片在风中摇曳，每一株马莲我都能等到它们花开。马莲的花朵也修长飘逸，蓝汪汪的，透着不俗与清冷。

我一想到如今马莲这么多，粽子也随处可见，我每天都能看个够，想吃粽子就可以去买，姥姥却再也不会回来了，就莫名伤感。

白茅

　　春天不是忽然就到来的，它是一点点试探着出现的，先是河水解冻了，坚硬的冰块都分解了，一小块一小块浮在水面上，越来越小，越来越小，几天时间就变成了薄薄的一片。远处的山岗上，忽然就有了一丝绿意，抬眼仔细寻找的时候，却又看不到了。目光收回到河岸上，偶然发现石缝里冒出一棵小草，嫩绿嫩绿的，娇弱又孤单，在早春的寒冷中瑟瑟发抖。不远处，又有一根茅针的小尖尖钻出土地，孤立无援地生长着，窥探着新鲜的世界。一根白茅真的是偶然，几乎是忽然之间，岸边就钻出了许多茅针，它们努力拱出泥土，向上而来，茅针成片的时候，远处的土地就覆盖了一层绒绒的绿衣，清浅，但是清晰。

越来越多的茅针钻出来了，大地开始解冻，泥土开始松软，万物都变得很温和。这个时候，我们就到处拔茅针吃，有时候我叔叔心情好，也会帮我拔。茅针细长，毛茸茸的，可以吃的部分就是一点点，所以需要拔一大把再一起吃，这样过瘾一些。

吃够了也用茅针去扎人，扎急了就打一架，反正也没事情干。茅针特别尖，扎人挺疼的，扎在肉厚的地方还很痒，被扎的很容易就急了。

我也用它来扎小包子，它不离不弃跟着我，一边躲闪我的无影手。春天的风掠过河岸，柔柔地拂过脸庞，这份轻柔与温和的记忆，和茅针连在一起，想起茅针就想到河岸边温柔的春风，那样肆意奔跑无忧无虑寻找茅针的午后。

但是更多的时候，拔茅针都是为了吃，吃的东西匮乏，一根茅针也能打打牙祭，何苦用来淘气呢？

估计包子也是这样想，我吃茅针的时候，它很安静，也不来抢。

茅针是茅草的嫩穗，茅草的花苞，长长的，有十多厘米。茅草很特别，先长出花蕾，天气回暖之后，茅针首先破土而出，长成长长的一根茅针。茅针钻出土后，就逃不过孩子的手掌了，大家沿着解冻的河边寻啊找啊，露出头的小尖尖都被小心翼翼拔出来了，拔一把找个地方去吃。

茅针外面包裹着是一层又一层绿色的外壳，和竹笋类似的长法，不过茅针剥开一层又一层，会露出里面洁白的花絮。就这一点点花絮，塞进嘴里绵绵软软，有一丝丝甜，并不算什么美味，但是这一丝甜，已经足够吸引我们。一根一根吃，滋味未免太淡了，所以茅针都是剥一把，一下子塞进嘴里，甜上加甜，软上加软，滋味像棉花糖，也像把天上的云扯了一团，塞进嘴里，口感十分温柔。

每一棵茅针真是渡劫的，渡劫成功后（没被熊孩子拔了吃）天气一暖，茅针就呼啦一下绽开了，洁白飘逸的花穗破壳而出。这是茅草的花，一穗一穗的，整整一个季节，茅草随风飘逸，若在水边，更加清逸。

在先秦时代，白茅是定情信物，比玫瑰还要直白些。

《诗经》里的句子：

自牧归荑，洵美且异。匪女之为美，美人之贻。

荑，就是白茅。

男的抱着一把摘下来的白茅送给女方，洁白的茅草随风摇曳，映衬着两张年轻的脸。白茅随处可见，伸手可采，那时候的爱情可真纯粹啊，我爱你，仅仅是我爱你，一把白茅就表了心意，不用花钱，不用计算价值。

白茅大多都长在水边，碧波荡漾，水中倒影娴静婀娜，一株白茅不起眼，一片白茅就是一幅画，微风徐来，花穗就荡啊荡啊，起起伏伏。我们一般不去招惹白茅，它的花穗会掉毛，从茅草丛里走一遍，身上就沾满了细细的小绒毛，不容易抖落掉，很麻烦。

但是成片的开满了花穗的白茅长在水边，特别好看。

秋天，茅草最多，也最打眼。

白茅是深秋野外的一抹忧伤，望一眼，便动了心，也不怪远古时期的人要将它作为定情信物了，这样野性又自由的美，谁能抵抗？

白茅生长了几千年，依然是水边最婀娜的风景。写生到了野外，遇到白茅就是遇到了一片秋天最好的景致，那一片又一片摇曳在秋风中的茅草，自成水墨，婉转如诗。

早知道白茅这么美，小时候就少吃点茅针了。

白茅的根也可以吃，深秋之后，带着铲子去挖，挖好久才能挖到一条根，嚼一嚼，有点甜。和茅针殊途同归，但是茅根渡劫容易一些，秋天正在收获，田野里吃的东西太多太丰富，小孩此时的嘴没那么馋，如果不是实在无聊就不挖茅根了，山里有各种果子，比这个好吃多了。

白茅很美，是深秋最好看的景致。如今，一入秋，我也会到郊区寻找一些白茅折回来，插在陶瓶中，做案头的风景。

野性的美，真实的美，顽强的美，婉约的美，一瓶白茅全占了。

刨药材

刨药材是每年最隆重的事情，最起码对于我妈和我大姨来说，是很重要的事情。这也是山村里不多的收入来源之一，他们养家糊口的依靠。

大山是天然的宝藏，只要你足够勤劳，每个季节都能在山里讨到生活，能赚到钱。山上有各种植物，药材是其中之一。

野生药材的药效比种植药材的药效要好上许多，长在深山里的野生药材，更是宝中之宝，所以有草药的季节，收购就从未停止，并且药材的价格一直很好。

我姥爷死后，家里的重担就落在我大姨和我妈身上。她们十几岁的年纪，通常结伴上山刨药材，靠着勤劳和大山源源不断的供给，养着一个家。

从春天开始，就是挖药材的时候了，不同的季节有不同的药材，在她们眼里，哪一株草药都是钱，都是活命的资本。

人生来高贵，却会生病，生病之后又有相应的植物来医治。草木生来悠哉，却又担负了给人治病的功效。人和植物之间关系微妙，万物不同，万物却又相生，生命和生命的关系奇妙又神秘。

挖药材是力气活儿，也是很好玩的活儿，大山太神奇了，天地也太神奇了，神奇到极致就是好玩儿。

春秋都可以挖桔梗，桔梗又叫铃铛花，开花极美，这也给寻找它的人指明了方向。人都喜欢美的事物，都会轻易被美吸引，哪里有桔梗开了花，一目了然，循着就去了。

我妈说桔梗太招摇了，它开白色或紫色的花，花朵倒垂，宛如铃铛，一串一串的，循着花找过去，抡起锄头刨下根，花朵委地，收根留用。在大山里，最不被珍惜的就是美丽，尤其是花，几乎是可有可无。

桔梗珍贵的是根，需要完整地刨出来收在袋子里。秋季挖桔梗，药效更好，所以秋季的桔梗比春季挖的要贵一些，挖回来，根洗净，晒干，切片，入药。

药材不同于普通花草，药材很怕人，好的药材都不染人间烟火，所以具有神奇效果的药材都长在悬崖峭壁或者海拔上千米的高山上。药材是有灵性的植物，是为了人类而生的精灵，你尊重它，就要想办法寻找它，长得太随意了，获得没有难度，效果也打折扣，所以越难采的药材，药效越惊人，价格也就越贵。

药材的生长环境，大概是在考验人的虔诚吧，或者只是一种自保，它们也想一生平安，别被采摘回来熬成药汁给人喝下去。

长在人类面前的药材都不珍贵，收了也卖不了多少钱，比如随处可见的金银花，要想卖好价钱，就要到远离人烟的奇险地方去寻。

真正采药材的季节，大多数要向远深山里走。深山老林里不仅有药材，也有蛇虫猛兽，那是它们的地盘，所以大家都是成群结队去，命毕竟比赚钱重要，孤单一个人不敢去冒险。

我妈和我大姨两个人倒是可以组成一队，俩人扛着锄头，拎着袋子，满怀希望一次次走向深山。

升麻最爱藏在草丛里，需要仔细寻找，寻到了将作为掩护的杂草挖走，将升麻刨出来。

苍术长在山上，低矮处没有，寻找苍术要一直上山。苍术长得不好看，挖出的根疙疙瘩瘩的，露在地面上的一截茎是紫红色，很好辨认。苍术有时候也长在岩石缝里，增加了收获难度。

采药，需要智慧和体力同时具备。

六七八月的盛夏天，是收一轮贝母的时候。

山下很热，山里却暑热全消，越往里走越凉爽，深山中和家里简直是两个世界，很多小溪滋养着山里的植物们。采摘一轮贝母是个惬意的活儿，体感舒适，鸟语花香，一路上有水也有野果子吃。这种药属于百合科，单株修长，开好看的花，又养眼。

但是一轮贝母又娇气得很，挖回家后要及时放在席子上摊开晾干，摊不开就容易烂，不能用水洗，也不能随便晾晒在石头或者铁器上，在暴晒中两日能干透的温度最好。

从挖回来到晾晒，照顾一轮贝母就像照顾一个婴儿，需要十分精心，哪个环节不对了，它就烂掉了，付出的采摘成本就沉没了。

药材里最好看的要数五味子，五味子成熟的季节，也是秋天，秋天的山里风景迷人，松树柏树还翠绿着，枫树已经红了叶子，大多数花木都出现了凋零之势，叶子变黄了，红的绿的黄的，在飒飒秋风中煞是好看，五味子就藏在这美色之中。五味子像相思豆，一串串挂在树上，如果刚巧下了一场雨，树叶清透清透地绿着，一串串五味子把枝头都压低了，被雨水清洗后鲜红可爱，粒粒如珠。

五味子得摘，秋天露水多，到处都是湿漉漉的，要穿长袖衣服摘了。

穿山龙也很普遍，穿山龙是多年缠绕草本，依附别的树上生长，大多数生长在山坡上、树林边缘或者杂草中间。

晚秋收穿山龙，还有柴胡，柴胡需要挖出根部，要小心翼翼，不能碰掉表皮。

相同的大山，相同的四季，生长着秉性完全不同的草药。山那么大，树木森森，杂草丛生，千百种植物数不尽，在浩瀚的山林树木间，寻找到真正的草药，经验很重要，耐心和恒心也很重要，寻找、挖掘或者采摘，收袋，运回家，哪一步都不能马虎。

刚刚进山的时候，我妈和我大姨最担心的是今天能不能有收获，寻找药材太随机了，有运气的成分，所以一旦运气很好，收获大的时候，俩人就变得很贪心，想多带一点儿，再多带一点儿。

　　药材重量有限，一般背一个筐或者口袋就能背回去。但是那次她们刨得太多了，很重，装满两个口袋后，试了一下，一个人是无论如何也背不起来的。眼看着天黑了，这要怎么回去？

　　她们也有办法，就是两个人抬着一个口袋走上一阵儿，不要走太远，将口袋放在空地上，再回来抬另一袋，追上那个口袋之后，再向前走，然后再返回来抬另一袋……如此走一回退一回，慢慢倒腾，到了半夜居然也从深山倒腾回来了。

　　坚毅的大山养育着坚韧的性格，温柔的外表蕴含着冷硬的坚持。

○

野
蔷
薇

　　秦观有一首诗写蔷薇，"有情芍药含春泪，无力蔷
薇卧晓枝"，充分说出了蔷薇的特别和美丽。我对蔷薇
印象深刻，山里人家，特别喜欢移植野蔷薇回来种。

　　一到夏日，家家围墙边都爬满了野蔷薇，都是从山
上移回来的。蔷薇好活，在山里遇到了，就拿回家插在
篱笆边上，扦插在秋冬季会更容易活，但是谁会记得在
最合适的季节去寻找蔷薇枝呢，都是花开了，遇到了，
才觉得，哦，拿回家也很好看嘛。

　　蔷薇不管这些，你重视不重视，她都开得天真烂漫，蔷
薇的花期能持续大半年，蔷薇花大概是最繁茂的花了。花期
老长，次第开放。北方的蔷薇，花朵小而单，有许多白色的，
但是开得茂盛，在夏季的晚风中摇曳，形成一道花墙，将家

与外面隔开，香气宜人。

蔷薇生命力十分顽强，但是要依附篱笆，给人的感觉娇弱极了。早上的蔷薇最好看、最水灵，不经意一抬头，就见一朵花中含着半夜的露水，晶莹剔透，如宝石般发光。

蔷薇是农人用来修筑篱笆，加固家庭防线的道具，远远地就能看到这家的篱笆墙挂满了蔷薇，将一个院子与外界分割开来。蔷薇开得不管不顾，光彩照人，却并不尊贵。山里所有的花都不尊贵，山里人认可的尊贵是见不到的牡丹，属于书中传说的百花之王。蔷薇和芍药在这里都是野生的，皮实，无须打理，随处可见，就不被重视了。

人看花和人看人一样，你太随和了，别人就不敬畏你，高傲冷艳者反而让人心生敬畏。

蔷薇花像是流落山乡的美人儿，环境简单却掩饰不了本质的美。美丽的花本来就像美人，秦观这首诗写得也美：

一夕轻雷落万丝，霁光浮瓦碧参差。有情芍药含春泪，无力蔷薇卧晓枝。

他同时写了两种娇花，芍药和蔷薇。前两句笔落不是诗，而是一幅画，后两句将名花比喻美人，真是惟妙惟肖，活灵活现。

雨后的庭院里，水雾弥漫，处处朦胧，屋顶上的碧色瓦片，经过雨水的洗礼，却更加晶莹剔透，犹如美玉一般。芍药瓣上挂着露珠，恰似美人含泪，娇滴滴，含情脉脉，惹人怜爱。蔷薇却静卧在枝蔓上，妩媚无力，柔弱无骨，愈发娇艳动人了。

一首小诗，倒有十分景色，如丝雨、琉璃瓦、娇芍药、媚蔷薇，这雨后的春色，韵致天生，舒适愉悦。整个院子在春雨的洗礼下，焕发出了别样的美与生机。这是一个美丽的院子，一位热爱生活的诗人生活在这里，这里处处精致，琉璃瓦崭新清透，院子里种着芍药，粉墙上爬满了蔷薇。如今，一个含泪而立，一个醉意蒙眬，这些花木陪伴的生活，该有多少惬意？

对仗华美流畅，行云流水，意向浑然天成，参差有致，全诗透着一股柔软和清新，还有一丝对生活的依恋和热爱。读的人，不止读诗，更是看到了芍药娇俏在眼前，蔷薇妩媚在眼前。雨丝清落，晨雾迷蒙，清愁点点，喜悦悠然。

秦观是个心思细腻的诗人，擅长写情，情即是女子，女子即是花，美而婉的句子倾泻流淌，晕染了千年后的时光。

不得不承认诗人的雅意，芍药和蔷薇本就是雨后观赏最佳，那一点清露如愁，空气中挂着湿润的水汽，将一切都晕染得迷蒙。

蔷薇是依附在墙上生长的，枝枝蔓蔓纠结缠绕，夏日长得茂盛时，绿意浓浓，阴凉寂寂，但还是不如下雨时更好看。

下雨赏蔷薇，雨丝落在花瓣上，又自花瓣滚落，经过一场雨的洗礼，花瓣更润泽，叶子更青翠，若是有兴致，雨停了再看也是美的。此时花瓣含露，枝蔓葳蕤，满墙都是风情，每一朵花都有情致。

古人对美的追求是很认真的，他们为了一睹天地万物之美，愿意踏雪寻梅，愿意雨中赏蔷薇，愿意做太多的事，不嫌麻烦，不计成本。也许正是因为这份内心深处的精神追求，对美的向往与尊重，才有那么多美轮美奂的诗词传世，给我们这些粗糙的后人，留下一片精神家园。

蔷薇花色繁多，常见的有白色、浅红色、桃红色、黄色等颜色，密集丛生，依墙而起，枝蔓缠绕，这也是秦观诗中所说的无力之意。蔷薇最像侍儿扶起娇无力的状态，依挂在墙上，生于枝蔓，或搭架，无法独立为枝。

蔷薇花朵饱满娇艳，香气浓郁，风不动而香动，老远就能闻到花香缭绕。花园或者庭院的墙边，最适合种植蔷薇，装点着一园春色之余，也顺便将一段本该单调的墙壁装饰了。

在花园里种植蔷薇，大多还是要搭建花架，这样枝蔓爬满，绿荫静寂，花朵招摇，自成空间，再加阵阵花香不绝，真是如仙境一样。

蔷薇的名字也源于其特点，依墙攀爬，缠绕不绝，形成自然屏障，碧翠鲜艳，十分养眼，是喜闻乐见的花园庭院爱物。

蔷薇与玫瑰一样，却终究不一样，玫瑰以其端然娇艳的姿态成为爱情的宠儿，蔷薇却保存原本的天然野性，花飞花落自成诗。

落入山野的蔷薇就更和玫瑰没关系了，山野小村，蔷薇不为点缀，只是一道屏障。

夏季饭桌通常摆在院子里，晚风很凉爽，吹来蔷薇的香气，混杂着食物的香气，忽然猪跑出来了，匆匆啃了几口花朵吃，一下子把篱笆都拱乱了，将它们赶回去，嘴里还嚼着几朵花。牛嚼牡丹很过分，猪嚼蔷薇，也是暴殄天物吗？

石竹

石竹花很不起眼，颜色柔美，瘦小，却隐隐透着坚硬。石竹现在是花店的宠儿，改名叫康乃馨，所有关于母亲的节日，石竹都会价格大涨，为了表示孝心与爱心，街上很多抱着此花的人。

我固执地觉得石竹更好听。

石竹是个美丽的名字，清新淡雅，与世无争。事实上也是如此，石竹是最平凡的花草，在名花谱上从来不占一席之地。

石的坚韧，竹的风骨，融入浮华世事，却又不争不抢，安于一隅，独自成一片风景。

我逃开大人的管束进山里野的时候，遇到最多的就是石竹，掐一把石竹玩儿是最常干的事儿。石竹长得笔直，叶子规规矩矩，花朵也不张扬，也不婀娜，生命力很顽强，随处都能活，哪怕是你把它摘下来插在瓶子里，只要每天换水，它也有本事水灵十几天。石竹给人的感觉并不鲜润，但是好像也永远不会枯萎。

王安石写《石竹花》：

退公诗酒乐华年，欲取幽芳近绮筵。种玉乱抽青节瘦，刻缯轻染绛花圆。风霜不放飘零早，雨露应从爱惜偏。已向美人衣上绣，更留佳客赋婵娟。

"种玉乱抽青节瘦，刻缯轻染绛花圆。"一个瘦字，很形象地概括了石竹的特点，瘦而不弱，又不像真正的竹那么清高。

"已向美人衣上绣"，写石竹很少有人用到这样的句子，石竹虽然算清雅的花，却不美丽，美人也并不喜欢在衣裳上绣，所以这样的句子，在咏赞石竹的诗句中弥足珍贵。是需要一份懂得，才能如此怜爱。

石竹春天开花，成片成簇成长，很少有单株，颜色多变，常见有红色、白色、紫色、粉色，花朵小而花瓣碎，开得谨慎又旺盛，不温柔，从花朵到叶子到茎，石竹给人的感觉就是冷冷的、硬硬的，自己能搞定一切，不需要保护。倒有些来自山野的冷硬，也许这就是石竹花名的由来，一朵平凡的花实在不引人注目，开出的却是勇敢者的气势，也许你看不见，但是你看见它，就不想错过。

很少有人专门去欣赏石竹，欣赏石竹，都是不经意，或许是去看桃花、杏花，看杜鹃花、芍药花，忽然一转眼，见这样一丛细小的花朵挤挤挨挨开在一隅，颜色各异，倒也有些别样的情致。于是稍稍驻足，在心里感叹一声，又微微一笑。

所以，诗人笔下的石竹，都爱用一个怜字。

石竹虽小又平凡，颜色却正，红的就正红，白的就雪白，没有中间色，是别的花所不能比拟的。

它开在花园最不起眼的角落，或者就生长在山野，迎风摇曳，不扭捏，也不迎合。风霜雨露都能承受，风雨过去，一仰头，抖落身上的水珠，又焕发出新的生机。这份坚韧，为石竹在群花中争得了一席之地，纵然花开时并不绝色，却依然能收获世人的一句感怜叹息。

石竹又名康乃馨，关情，却不是爱情，而是亲情。石竹多么像母亲，坚韧，勇敢，默默守候，你一转身就会看见她，但是她从不打扰你，这一生，母亲都会默默守护在你身后，在你必经的路旁等待。

石竹是母亲花，对母亲的爱与恩，是一生难以报答的。所以石竹越众花而入室，始终是花店里不可或缺的品种，淡淡开在某个角落，以最淡然却博大的姿态，承载了人类最难描述的恩情与深爱。

后来，石竹花从山野走向厅堂，成为母亲花，是母亲节不可或缺的鲜花。

石竹作为母亲花，也再贴切不过了，无论是在山野中的那份坚韧，还是到了室内之后的繁盛，都像母亲。

常有人说，爱情是文学作品的永恒主题，这不假，爱情的酣畅淋漓，甜美如甘霖，甚至离愁别恨，都如此撼动身心，吸引文人去描述和抒写。试问，古今中外，哪一个大文人大文豪没有写过爱情？

其实文学作品还有一个永恒的主题：母爱。

许多年前跟一个朋友聊天，他郑重地说：我要好好写一下我的母亲。是不是所有会写作的人，都有这样的心思？

于是，我就查了一下，果然，几乎所有查到的写作的人，都或多或少给母亲作过文章。母亲是心中最后的归宿，母亲在，心就是安定的、满的。多年前听到一个四十多岁的妇人在母亲的灵前哭诉：从此以后，我是没妈的人了吗？

眼泪忽然就冲出来。无论多大年纪，有什么样的社会身份，无论你有多少钱，多大的学问，有多温暖的家，母亲都是心灵最后的归依安放处。

爱情之美是绚烂，亲情之美是厚重。小小一朵石竹，承载了厚重的母爱，真的有点像母亲，看起来弱小，却柔韧，风雨不易摧毁，花期又长，不起眼，却也不容忽略。

石竹　191

○

榛
子

　　榛子树是多年木本，但是树很小的时候就能长榛子了，所以榛子树矮小的时候最受欢迎，跟人的身高差不多的时候，采榛子一伸手就够到了，不用抬手也不用猫腰，不费力，很快就能摘一筐。可是榛子树会长，过几年就变得很高了，摘的时候，要将枝杈拉下来，一只手拉着，一只手摘，摘完一杈再摘一杈，这样摘的结果就是手臂酸，一天下来手都快抬不起来了。可是这也不算完，再等一两年，榛子树又高了些，矮个子伸手也够不着了，跳起来拉下一个枝杈，于是榛子树也很苦恼，它就像被人拉着头颅低头认错一样，好不容易这一枝摘完了，一松手放回去，人和树都松一口气。再后来高个子也快够不着了，跳起来也够不着，有的人上山就带着一个小凳子啥的，站在凳子上去够，也有人用木棍去打，打落一地再捡，树叶子小树枝掉落一片，七零八落的。

如果近处山里的榛子今年摘完了，需要进深山里去找，那么几乎都是这种情况，人烟稀少，树多又高。从未遭遇砍伐过的树们，几乎疯长，榛子自然相应也多，如果可以克服高的困难，收获也会多多。

榛子树小时候很可爱，矮墩墩的，长大了就疯了，叶子浓密，沉甸甸的果实隐藏在叶子中。榛子长得很特别，一嘟噜一嘟噜的，果实外面包着一层绿色的外衣，像一个保护伞，这层外衣像帽子一样，绿油油毛乎乎，很可爱。榛子成熟不成熟，可以通过这层外衣来观察，最开始的时候，外衣是翠绿色的，浅浅淡淡，后来变成浓绿。满山的榛子未成熟，叶子和表皮都是一团绿，让人想到一个字"郁"。浓郁地绿着，郁郁葱葱生长着，这绿流动在山里，也流动在空气中，眼睛舒适，似乎味蕾也被打开，浓郁这个词儿，像是可以下饭。

秋天，榛子的表皮有点泛黄了，绿得吃力了，像开了一朵花，一颗小榛子的小圆脑袋露出来，探头探脑观察着这个世界，充满好奇的样子。此时就可以采摘了。

收获季，家家户户都要上山去，见到小圆脑袋就一把摘下来，扔进筐子里，人类可真粗暴啊！

收获榛子的季节也叫抢收季，收到多少都能卖出去。山里榛子多，怎么摘也摘不完，所以尽量多收一些，通常是一家老少齐上阵，背筐、口袋各种容器都拿好，女人和小孩负责采摘，男人负责向家里运。

大批的榛子运回家，最好的状态是表皮半干不干的情况下摊开晾晒在平地上，拉着大石头碌碡压几遍。榛子本身有硬壳，不会压坏，这一波操作主要是为了将那层表皮去干净。

　　表皮弄掉以后，小小的圆圆的榛子的真面目就暴露在阳光下，收集，装袋，上秤，收钱。收货的人络绎不绝，野生的宝贝，变成了真金白银。

　　榛子是远方很贵的坚果，早餐或者下午茶的宠儿，却是山里人最普通的零食。除了卖的，都会留一些自己吃，闲了去杂物间拿几把，铁锅烧热，炒一炒。炒过的榛子香气浓郁，口感脆脆的香香的，夹榛子器拿在手里，看着电视一边夹一边吃，想吃多少吃多少，不用考虑价钱。

　　榛子多到不珍贵，也可以拿来做榛子糕，不过很稀罕，这么精致的点心不属于大山，只属于城市中某个闲闲的优雅的女子。高价买回榛子，炒制，剥壳，精心调配了面和糖，烤箱里烤成美貌的点心，摆在白瓷盘里，剪一朵玫瑰点缀，一杯红茶或者现磨咖啡配着刚刚烤好的榛子糕，度过一个美妙休闲的下午。

　　榛子外壳坚硬，剥开之后白白胖胖一个果仁儿，这种给你吃的时候制造点困难的美味食物，往往营养丰富，容易储存。

　　对于我们来说，榛子只是零食，还是有点讨厌的零食，因为它外壳太硬了，没有工具很难吃到。单纯用牙齿咬的话，需要很锋利的牙齿，很锋利的牙齿磕榛子久了也会疼的，而且据老人说，年轻的时候咬榛子太多了，不到老牙齿就掉光了，大家都不敢随意咬。

○

婆婆丁

　　婆婆丁就是蒲公英，秋风一吹，蒲公英的毛毛四处乱飞，是田野里最普遍的风景。小孩子也爱吹蒲公英玩儿，把它当成最有趣的玩具。

　　婆婆丁长得敦敦实实，匍匐在地上生长，与大地紧紧相拥，因为矮小，紧贴土地，就算是走路不小心一脚踏上去，它也不会受伤，但是它的茎亭亭玉立，在顶端开出一朵娇艳的小黄花。一棵婆婆丁会开三五朵花，那么娇艳的小小花朵，低低的，矮矮的，这时候再不小心一脚踩上去，或者路过的牛羊啃两口，它马上就残破不堪了。在大自然中，婆婆丁这样的弱小植物，没有办法保护自己。

　　就算没有人踩过，它也难逃我们的魔爪。蒲公英的茎是空心的，花开了，从根上掐下来，握在手里玩儿，因为是空心，比较软，好玩，但是它一会儿就蔫了，死掉了。

婆婆丁长得太不起眼了，角落里，田埂边，甚至砖石小路的缝隙里，黄花开过之后，就张开了一把小伞，细细的小小的种子就藏在这小伞里，风一吹四散开来，于是来年的路边、砖石小路的缝隙、田埂边，又长出更多的婆婆丁。它们依旧固守着方寸之间的小小角落，开出一朵朵小黄花，小黄花像缩小版的向日葵，每一朵都像是一张笑脸，山野田边，努力盛放着生命。

这样弱小的生命，就算不毁灭在小孩子的手里，不被车轮无情碾过，也会绝迹于种子的无法传播。

所以它们就想了一个办法，让自己的种子轻而无力，借助任何力量都能落地生根，迅速四散繁衍。

小时候我摘花吹蒲公英的时候，我爷爷总会说一句："婆婆丁是很好的药材，可惜到处都是，就没人在意了，连收药材的都收不到这个，没人采。"

爷爷的口吻里满是叹息和遗憾。

我自然也不在意，婆婆丁是不是药材不知道，我知道它是可以玩的，也可以做菜吃的。

春天，拿着我的小铲子，到山坡上去挖婆婆丁，这个时候婆婆丁长得很嫩，花也大多数没有开，懒懒地匍匐在土地上。经过了一个冬天的严寒折磨，此时的大地温暖宽厚，这样依偎在大地的怀里，应该十分美好舒适吧，所以它很贪恋，不愿意离开。

人总是没办法让这样美好的事物持续下去，没有什么事的女人和孩子，拿着各自的小铲子，挎着小篮子，行走在田埂上、树丛间，将目光所及之处的婆婆丁都连根挖下来，抖一抖土，收进篮子里。

挖一小篮子，走到小溪边去洗一洗，将根掐掉。刚刚解冻的溪水明亮活跃，激情无限，小篮子直接荡在溪水里，等着它去冲刷。一小会儿的工夫，一篮子的婆婆丁都清洗得干干净净，清清爽爽，碧绿的叶片盈盈如玉。

拿回家交差，或者凉拌，或者炒一盘，怎么吃都随意。婆婆丁有一点苦意，苦意却也是好意，对身体很好。

《本草纲目》记载，婆婆丁也叫地丁，江之南北颇多。他处亦有之，岭南绝无。小科布地，四散而生。茎、叶、花、絮并似苦苣，但小耳，嫩苗可食。

比起吃，我最爱吹蒲公英了。一个人无聊的时候，到山坡上去，在青草间，总会找到一小片一小片的婆婆丁，它们低调地生长着，脑袋上顶着小小的洁白的小伞，只等风来。我来了，就不必等风了，轻轻摘一朵，放在嘴边用力一吹，无数的种子四散，飘飘悠悠飞上了天空。如果人也能这样轻飘飘飞起来就好了，飞到云上面，看看那里有什么。

有时候我们也会比赛，那一朵朵洁白的小伞要小心摘下来，如果力气太大了，它就飞走了，我们的乐趣是自己吹走一朵蒲公英，看谁吹得远，飞得高。小小的种子在这个过程中飞扬而去，赢的欢呼，输的也欢呼，总之，它飞走了，神奇而又让人开心。

一朵蒲公英放在唇边，轻轻一吹，简单，快乐，诗意……不知道有多少电影画面都是用吹蒲公英这样的镜头来表现开心喜悦。

我们吹着蒲公英的种子玩儿，它们就借助这份外力，赢得了自由。

我是一颗蒲公英的种子，谁也不知道我的快乐和悲伤。爸爸妈妈给我一把小伞，让我在广阔的天地间飞翔……这歌声自由又快乐，唱尽了蒲公英的心事，它们弱小却聪明，它们一路挥洒自由，一路繁衍生命，大自然的神奇与智慧无穷无尽。

婆婆丁代表着自由，可以借风而行的自由，这是所有植物都不具备的。

○
花
根

　　我妈和我奶奶都将上山挖芍药叫挖花根，大概是因为想要移植芍药回家，就要把花根挖回来种，于是山芍药慢慢就叫成了花根。在她们心目中，芍药是山里唯一可观赏，值得郑重挖回来栽种的尊贵的花。

　　花园里的芍药开得华美富丽，端然大气，外形和牡丹无异，都有一种天然的贵气和气势，开起来灿烂满园，百花羞涩。但芍药不是牡丹。

　　在人们的认知排序中，芍药次于牡丹，山芍药又次于芍药。

　　芍药和牡丹最主要的区别是芍药叶子像柳树叶子一样，是一瓣；牡丹叶子则是分成几瓣。也就是说，单单在花朵上分牡丹和芍药是很困难的，要看它们的叶子。

自古以来，人们就将百花分了品级和三六九等，这也是人的俗气之处，各花之美都是独一无二的，为何就被人为分成高贵或者低贱呢？然而，我们都知道，世上并没有什么公平，别说一朵花，就算是生而为人，也是没有绝对公平可言的。如此也就释然了。

因为芍药比牡丹晚开十天左右，所以牡丹是花王，芍药与牡丹相似，却只好屈于花相，或者干脆被称为牡丹之副。尽力而开，同样灿烂妩媚，却生来屈居，花若有知，不知作何感想。

山芍药就更没地位了，比花园里精心栽培的芍药还不如，山里的芍药自生自灭，风霜雨雪独自承受，也不曾有人施肥培育，所以山芍药花朵小一些，却开得更密，花朵挂满枝头，摇曳出独有的风姿。

春天来了，我就上山去挖芍药花根，挖回来随便栽在院子里的空地上，等初夏到了，它就扎扎实实开给你看。无论多简单的日子，芍药都会开满庭院，灿烂无双。

芍药开在春末夏初，古人离别的时候送芍药花，所以芍药还有另外一个名字：将离。《诗经》最早写到芍药花，却是作为爱情之花，传递青年男女的互相爱慕之情：

维士与女，伊其相谑，赠之以勺药。

一个小伙子看上了姑娘，就送她一束芍药，芍药的角色和现如今的玫瑰很像。

从爱情之花，过渡到离别之花，岁月流转，文化变迁，芍药肩负了完全不同的使命。

芍药鲜艳绝色，花瓣轻柔，花朵妖媚，颜色或鲜艳或素雅，微风摇曳，雨后垂露，随意自然，潇洒风情，姿态如美人。如果说牡丹是代表皇后的花，更富贵大气的话，芍药的风姿则更像一位宠妃，妖媚风流，不要约束，不必想什么端庄贤淑那一套，她只要美，只要爱情就好了。

一定要分牡丹和芍药谁最美，还真是一个千古难题。

关于牡丹和芍药之间，也有另外的叫法，比如把芍药称为草牡丹，牡丹却叫成木芍药，花与花之间，人与人之间，哪里有非此即彼的分界线，更多的是被忽略的朦胧无序，自然自在，偏偏是这种无序造就了有序的规则。大自然是如此神奇，天地是如此玄妙，爱牡丹便是牡丹第一，爱芍药便是芍药为冠。

多简单。

许多事，认真你就输了。

看尽满栏红芍药，只消一朵玉盘盂。

白芍药，白得晶莹，白得透彻，无一丝杂色，看过满园的红芍药，赏过那万般风情，猛然回头，却被一朵白芍药迷住了。那种冰清玉洁，清冷骄傲，如同花中之王，简直没有什么花什么色能把她比下去了。

素色虽淡，淡极却是绝色，所以淡极也是艳极。一朵白芍药，竟将满园草木都比下去，也不算夸张。红是鲜艳，白是风骨；红是风情，白是宁静。玉骨冰肌，只能是白，必然是白。白芍药的一抹纯白之色，便在满园鲜花中，瞬间倾城。

芍药是山里最美的花，芍药叶片也大。小时候听爸爸讲故事，清代才女因为穷苦没有纸笔，就在芍药的叶子上写诗，居然也写出了很多很好的诗。

那个在野芍药叶子上写诗的才女，叫贺双卿，贺双卿的芍药，是属于乡野的山芍药。

贺双卿一生凄苦，生活穷困，满腹才华，却嫁给了一个山民，还有一个恶婆婆。

只是做点粗活儿，多些劳作，对于贺双卿来说，还不是最惨的。

不能读书写字，不认同这生活又不能挣脱，才是悲哀的根源。

艰苦的劳作，贫瘠的精神生活，让贺双卿身心俱疲，迅速憔悴下来。对于她来说，生活就是一个又一个深渊，只有更悲惨，没有最悲惨。

贺双卿不同于那些认命的妇女，她本来是一个心里藏着锦绣的女子，哪怕受到再多的折磨，对美与诗的向往，一直未曾改变。

劳作之余，贺双卿一直坚持写诗，记录下凄苦的婚姻生活，但是她没有纸笔，这些东西在这个冰冷而愚昧的家里太稀缺了。她就在随手可见的一切东西上写诗，芦叶，竹叶，花叶，甚至花瓣上，她都能写诗。

她写得最多的便是芍药叶子了，所见之叶，都被她写成了诗。

也因为遭遇实在不幸，贺双卿的诗词都流露出浓浓的悲苦和愁绪，那些诗句都是她和着生活的血泪写出来的，纵然不能流芳，到底也是一种抒发和记录。

她无纸笔，却有诗情。那些写在芍药叶子上的诗，犹如作者，遭遇风吹雨打，落于无情人间。

也说明，芍药的普遍性存在，无论是山乡村野，到处都有它的花朵摇曳。

每次到山上去，看到藏在山坳里的芍药，宽大的叶片随风摇曳，就会想到那个在芍药叶片上写诗的凄苦女诗人。她虽然穷，却无意中做着天下最浪漫的事，将诗和花完美结合在一起。

她将诗写在芍药叶子上，自己却没能像芍药一样肆意乡野，年年怒放。她过早地凋谢了，只留下这些带着野芍药淡淡清香的诗句。

第四章

围炉夜话

云宫迅音

○

无论多贪玩的孩子，只要《西游记》的前奏一响，就赶紧飞奔回家，静静守在电视机前。山里信号通得晚，我们看《西游记》的时候毫无见识，所以面对这个剧，简直惊了——世界上居然还有这样好看的故事。

有电之后，我们家还没能买上电视，全村就一两台十二寸黑白小

电视，一到晚上八点电视剧时间，全村人都挤过去看电视。在天气暖和的时候，人家就会把电视搬到院子里来，一院子的人静悄悄守候着整点到来。

天气冷的时候，大家就都挤在房间里，人多，火炕烧得暖暖的，地上燃着火炉或者烧着火盆，火上烧着一

壶热水，来看电视的男人们免费看电视，还有粗茶喝，有叶子烟抽。邻里之间，不计较这些得失，热情好客永远是第一位的。

只是房间里总是烟气缭绕的，大人不管不顾地抽烟，小孩被呛得咳嗽，烟雾弥漫在房间里久久都不散，像在云雾中一样。

别的电视剧还有限，只要《西游记》一开，全村静默，全都聚拢到小小的电视跟前了。

电视剧太珍贵了，《西游记》这样的电视剧就更珍贵，所以一周只播放一集，每周六晚上八点。可真是急死个人，一周七天，眼巴巴掰着手指头盼啊盼，好容易盼到了时间，也就看四十五分钟，剧一开，眼珠子都不敢错开一秒，错过一个镜头就永远没有了。

不只小孩，大人也喜欢。他们日日劳作，也没有娱乐活动，生活单调得很，好容易有了神仙打架这样的故事，好玩又好看。

不只没有娱乐，那时候什么也没有，连压力也没有，开心了就笑，不开心就去寻找开心的事笑。春花秋草，春种秋收，有几亩地，一家子的安稳就在那里了，粗茶淡饭即好，没有太多欲望，也没有太多期待。

有一次，快八点，大人小孩都陆陆续续坐齐了，大人有一搭没一搭聊着家长里短，眼睛盯着小屏幕。电视里正在播新闻，啊，都过去十分钟了，怎么新闻还没有播完？电视可以这么任性不讲道理吗？

小孩子气得不行马上就要骂人了，小点的孩子已经要哭了，大人内心焦急，但是懂得收着情绪，还能假装风轻云淡聊聊天儿。

我爸说："新闻应该快完了，看起来都快播外国事儿了。"

我叔叔也符合："电视不会不讲信誉的，说了演电视剧不会不演。"

主人是夫妻俩，他们一边烧水泡茶，一边有点内疚地说："肯定会播，也许是忘了时间呢。"因为电视是他家的，让大家失望他们觉得有点不好意思，所以他俩分外热情，不但频繁烧水泡茶，还翻箱倒柜去找零食给孩子吃，最后找出几把生花生放在桌子上，男人们开始抽烟，大家都想办法缓解内心的紧张焦虑。

这样的聊天真是烦人啊，我们等啊等，时间过去半小时了，电视还在唠叨新闻，这是怎么了，电视失忆了吧。于是派一个人到外面使劲去摇天线，摇啊摇，希望把电视摇醒，谁要眼巴巴等着看新闻啊！直到把信号摇没了，被屋里同样焦急的大人骂一顿，再把信号摇回来，这样耽误一些时间，也好像让心里充实一点儿，潜意识里少看了一段新闻，作为对电视台的报复。

一直都在播新闻，谁也无心去听那俩主持人在说什么，就看他们的嘴一张一合，十分烦人。

最后大家都失去了耐心，统统闭口无语，脸色铁青愤怒地盯着新闻，什么鬼新闻怎么就播不完了。

主人又耐心解释："是开了重要的会，所以新闻要长一些。"偶尔也回头瞪一下电视，今天的电视太不争气了，完全不给面子！

终于，四十分钟后，那俩主持人说再见了。大家松了一口气又提着一口气，这么晚，怕是要结束了吧？

突然，电视画面一转，猴子从石头里一下子跳到天上，灰色的画面如水墨画一样铺开，"噔噔噔噔噔噔噔噔……"的旋律响起来。

热泪盈眶啊热泪盈眶，终于开始了。

后来才慢慢知道，在我们心目中最重要的电视剧，对电视台来说，其实是最不重要的，新闻比它重要，广告也比它重要。电视剧是电视台的填充，却是我们的全部期待。

还有一次，音乐刚刚响起来，突然停电了，我们在黑暗中等了一会儿，越发焦急绝望，谁也没有走的意思。后来主人家只好点起了蜡烛，并提议打牌等待，但是大人也没有心思打牌，都拒绝了。

我们大家在蜡烛飘摇的光影中等待来电，足足等了半小时，眼看着一集都要播完了，再等下去就算电来了也没有意义了，与其这样在人家这样尴尬地坐着没话找话，还不如回家去睡觉。

我哭唧唧骂电厂："坏人，不要脸，怎么早不停电晚不停电，偏偏这时候停。"

我爸正找不到茬儿来发泄愤怒，就骂了我一顿，我也顺势哭起来，发泄心中的委屈。这周没有了孙悟空，过着还有什么意义。我一路哭一路跟在他们后面回家，大家都生气，蜡烛也没点，就都默默钻进被子睡觉。我一个人倔强地在地上站了一会儿，心想万一此时来电了，我冲出去跑到邻居家，兴许还能看上最后几分钟，可是电辜负了我的等待，一直也没来。

地上黑漆漆的，我有点害怕，就爬到床上去。心里安全了，但是委屈，委屈得不行，凭什么电就能剥夺我一周唯一的快乐，索性起来趴在窗台上，望着天空流眼泪。天空很黑，只有几点星一闪一闪的，或许那就是天上的七十二星宿吧。

这些年看过了太多电视剧，老版《西游记》的好，是许多年后才慢慢品出来的。在设备并不精良的那个年代，一部剧，连序幕出现的字都是漂亮的颜体书法，文化在整部剧中潜移默化穿插。而且演员的识别性太强了，仙女有仙女的美，飘逸，清秀，端庄，妖精有妖精的美，妩媚，风情，风骚，每个角色都形象鲜明。

孙悟空是我们每一个小孩子的最爱，看到三打白骨精后他被逐出，气得流眼泪；看到他捉弄妖怪，笑得打滚儿。我们代入自己来看孙悟空，我们都曾经是自由无拘的齐天大圣，也都不得不变成了循规蹈矩的孙悟空。

前几天，有一位弹古琴的朋友把《西游记》的主题曲《云宫迅音》移植成了琴曲，我静静循环了两天。每当他用古琴巧妙地将"噔噔噔噔噔噔噔噔……"的旋律弹出来的时候，我就泪湿眼眶，好像又回到那些时光，黄金一般的周末，千呼万唤的一集《西游记》，从序曲一响就激动无比的喜悦心情。

我想我感动的不是一部剧一支曲，而是一段时光，回不去的《西游记》，回不去的小时光。

在成长的路上，我们都从无忧无虑的猴子变成了取经的孙悟空，每一步都带着任务，每一天都在坚持，离自由越来越远，肩上的责任却越来越重。

○

雪

雪是冬天的常客，时不时就来一次，有时候雪下得很厚，将山川树木都覆盖了，天地成了一体；有时就是轻轻落几片雪花，落到地上就没有了；还有时候不是雪花是雪粒子，打在脸上很疼，下雪粒子的天气也格外冷，北风像刀子一样，我们猫在房间里不敢出门儿。

北方的雪太常见了，但是北方的孩子爱雪是爱不够的，尤其是第一场雪落下的时候，我们欢呼跳跃，在雪地里群魔乱舞，堆乱七八糟的雪人，渐渐地雪越下越大，手和脸都冷得通红，才乖乖回屋去了。

下雪后很冷，下雪后的第二天最冷，但是下雪了很美，平时灰蒙蒙光秃秃的远山近树，院子里东倒西歪的木篱笆和枯萎的草垛，全都被大雪覆盖，成了另外的画面，唯美，干净，清冷。堆个雪人，打个雪仗，雪带给人间的欢乐，实在是太多了。

山上的雪也好看，远远看着，那雪软绵绵的，像极了一床棉被，将一切都保护起来了，遮盖起来了。所以这样看雪，竟然觉得那是老天爷送给人间的暖。

临近过年的雪就更好看了，有的人家急急地把过年的红灯笼挂在门口，落了一层薄雪的红灯笼，在雪中寂静又孤独，鲜艳又委婉，而粗壮的木篱笆在雪中露出一点点黑色的底色，黑与白的世界，点缀一点红，简单明了，意韵悠长。

下了雪，天就黑得早些，人都不出门了，牛羊也都不再出门，拿夏天晒的干草草料给它们一些吃，非常天气，人和牲口都要凑合一些。

人也不出门儿了，一家人整天都守在一起，下雪让每一个家庭都拥有了更紧密的幸福。

这份幸福需要延续，温暖，美食，相守，都是美好的延续。

从掉下雪花那一刻开始，我妈就去抱一棵白菜进来，如果时间充裕又心情好，就剁了白菜包饺子吃。寒雪暖室，一盆热乎乎的饺子端上桌，昏黄的灯光下，热气扑了满脸。这样恶劣的天气里，不冷，不饿，不用出门，幸福感就增加了好多。如果没有时间包饺子，就将白菜切成麻将块，和粉条冻豆腐炖一锅，也好吃。

夜来得很快，能听见雪沙沙落下的声音。时间太早了，大家围在一起讲故事，一个故事讲了一百遍也不厌烦。一家人围成圈，守在火炉边，讲一百遍也有一百遍的温馨。

讲着讲着就乏了，眼皮打架，于是纷纷钻进被窝，热乎乎的被子又增加一层幸福，忍不住在心里感叹：可真好呀。

如果钻进被窝一时睡不着，也不想说话，闭着眼睛静静听。下雪的声音很轻，轻到无声息，可是此时，夜幕下，就是能听到，能感受到每一片雪花落下来，覆盖大地的感叹。它们性格也是不同的，有的雪花会欢呼：哦，我终于来到大地上了，天空好高呀。

有的雪花有点忧伤，一落下就轻轻叹气：我还能回去吗？地上太凉了。

旁边就有朋友安慰它：你看，好多伙伴都在一起，我们一点也不孤单。

更多时候，它们也不说话，同天地一样，缄默，绝口不言，一切都要靠你自己去感受。

反正，一下雪，世界就干净了，就安静了，所有的尘埃都被覆盖，所有的喧嚣都被压下。

雪这样大，第二天院子里要扫雪，勤快的人家直接把院子都清理干净，敷衍一些的也要扫出一条路来行走，要不然一脚踏进深深的雪地里，棉靴湿了，就只能坐在房间里别出去。那时候的鞋都是母亲做的棉鞋，布面絮棉花，纳的千层底，踩进雪地就湿了。

一人一双棉鞋，湿了就要烤干。于是淘气的人守着火炉，一手提着鞋，转来转去烤着，不能总烤一面，会烤焦烤着火的。

有一次大雪，我在姥姥家，出门打算回家，雪地里格外冷，脚指头生疼，无处逃无处躲的样子。一个小女孩居然坐在门口的大石墩子上，光着一只脚，已经冻得通红，她目光茫然，一动不动。

我心想，这别是个傻子吧，谁会在这么冷的天光脚坐在门口，如果是傻子，我就更有义务帮她了。

于是我走过去问："你妈妈呢？你的鞋呢？你不冷吗？"

小女孩抬起通红的脸看着我，寻思着先回答我哪个问题，最后她全都一起回答了："妈妈打牌，棉鞋湿了，我烤，烤煳了。"

"啊，太过分了，怎么有这样的妈妈！"我那时候正好给自己取了一个响当当的侠女气息十分浓郁的名字，叫：打抱不平。

我整天幻想，行走江湖，路遇恶人，大喊一声抽出宝剑，对恶人迎头痛击，恶人临死前肯定会弱弱问一句："请问您是哪位？"

我微微一笑，大声报上名字："打抱——不平！"注意打抱和不平之间一定要有个停顿，这样显得威武。

如此正义的我，见了这种事怎么能不管。我义愤填膺，拉着小女孩就进屋去了，一桌四个人正在打牌。一个妇女抬头看了我们一眼，漫不经心地对小女孩说道："你怎么回来了，鞋呢？"

我火冒三丈："喂，这是你的孩子吗？她的鞋都没了，你怎么能不管自己的孩子？"

她继续漫不经心地说："哪来的野孩子，赶紧滚回家去，烦人。"

天啊，太过分了，我是野孩子吗？我做的是正义的事，是侠女做的事，可是我怎么跟她说呢？目测了一下，这个女人高高胖胖，我手里也没有剑，就算有剑，我也不会剑法啊，怎么办，一时愣在那里。

那女人见我站着不走，又搡了我一次："你还不出去，等我打你啊！"

又对小女孩说："小崽子，你鞋呢，给我找回来。"

小崽子默默去到外间屋的火炉边，果然旁边有一只红色的棉鞋，半边是湿的，半边已经烤焦，黑乎乎的还在冒烟。她拎着那只鞋默默走到女人身边，女人一见就急了，一抬手就一个巴掌，把女孩打了一个趔趄："你是死的啊，烤棉鞋光烤一面。"

我被这阵势吓跑了，出了门还在狂奔，一边在雪地里奔跑一边懊恼，这样的大雪中，会有多少不平事等待我去主持公道啊，可惜我临阵脱逃了。

但是踩雪太好玩了，我能理解那个无人管束的小女孩，既然无人管束，谁不会去踩雪呢？

我也踩过，"咯吱咯吱"一步一个深深的脚印，可以把脚印走成一字形，也可以走成人字形，跌倒也不要紧，反正有雪这样的垫子，也摔不疼。

我弟弟更爱踩雪，稍不注意他就跑进雪地里去了，然后自己跌跌撞撞像一个球一样在厚厚的白雪上滚来滚去。下雪天，他的棉鞋衣服经常湿，湿了就捉进屋里来，衣服脱下来，给他裹个毯子，摊开衣服到火炉边慢慢烤。他太幸运了，我们的妈不是那样的，或者他太幸运了，有姐姐给他烤鞋子。

○
偷
课
本

　　我老舅上学上到初中就坚决不去了，非要去当兵，在家里闹绝食。我每天听大人们一边叹息一边说起这件事，心里就窃喜，不上学好啊，就不用课本了，我早就惦记他那些语文课本了。

　　我们这个地方，谁家都没有书，更没有见过书店。我家是书最多的了，但是《西游记》是竖版繁体，我看着吃力；《水浒传》被我弟弟一页页撕了，我捡起来拼凑着看了几页，正好看到孙二娘麻翻武二郎准备做人肉包子，这部分太残暴血腥了，人怎么能吃人呢，我觉得这本破书还是别看了，就扔了。剩下的都是一些武术杂志，我爸痴迷武术，定了很多《武魂》《武林》什么的，我都翻来翻去看烂了，里面的招式也磕磕绊绊学了一些，实在翻得没意思了，后来借了一本《聊斋》，看完人家就收走了，还想看一遍，却没有机会。这就是我那个时候看过的全部书了，心灵得到过故事慰藉的我，每天到处搜寻闲书，恨不得把街上被风吹着乱跑的纸片都捡回家看看——也确实捡过。

如今，我老舅终于不上学了，他那些语文课本简直就是我的宝藏！

我姥姥是个很细心的人，我老舅所有的课本她都收着，在西屋的墙上钉了一块又宽又厚的木板，钉得结结实实，我老舅从一年级开始的课本都被我姥姥整齐地码在那块板子上，一本都不少，我陆续拿过几次看，但是不敢拿高年级的，怕我老舅还有用。

现在好了，他都不上学了，还要书干吗，都是我的了。

我在一个中午穿过一个村子潜进我姥姥家，他们都在睡午觉，还好那时候都不兴锁门，我能悄悄进到里面。

姥姥家院子收拾得整齐漂亮，长方形的院子香气四溢。我走进去，要穿过一条甬路，甬路上铺着碎砖石，这样下雨的时候，院子里就不会泥乎乎的，一步三滑。我家院子就没有这么漂亮，下雨出来一地泥，走一圈鞋子就脏了，还很容易滑倒。所以我们都喜欢我姥姥家，喜欢在她家漂亮的砖石甬路上走来走去。

进了院子左手边是一片修整过的菜地，围着篱笆，篱笆都是斜插进去的，一个个菱形的空隙均匀好看，篱笆上爬满了蔷薇和牵牛花。园子里种着时鲜蔬菜，什么都有，绿的黄瓜豆角，红的西红柿，修长的韭菜，几棵马莲也混在其中，紫茄子、白冬瓜、黄南瓜……水桶、铲子这些工具也摆放得整整齐齐，都收在篱笆角落。篱笆有个小门，靠近门这里没有种菜，而是种满了花，我姥姥喜欢花，什么花都种。穿过这个狭长的篱笆小园，是一个用土坯垒起来的小阳台，也用砖垒出了花格子，是专门放花的地方，台子上格子里都放着花盆，一个个粗粝的陶盆里面长着指甲草、"死不了"等简单的花草，特别好看。阳台最左边就是进西屋的小门，门口有一棵很大的紫色木槿，这棵树天天开得光华耀眼，满树的花朵，灿烂招摇。

这是一个毫无缺点的小菜园、小院子，堪称农家院范本。

盛夏晌午，微风徐来，满园的花花草草摇头晃脑，瓜果馨香，尤其是黄瓜，那味道太清新了，简直无法抵抗。

但是此时我对菜园子对花都没兴趣。

通过长久的侦察，我发现西屋也不关门，一个纱帘微微晃动宣示着房间的不可窥探，这哪里挡得住我？我一掀帘子，轻易就进来了。

西屋一直空置，放着一些杂物，因为常年没有人住，缺少人气，大夏天也阴凉阴凉的，十分舒服。

只是那块放书的木板太高了，我跳起来也够不着，于是就轻手轻脚搬了一个凳子来踩在上面。真的是好多课本，只是这些课本就这么摆在这里，积了一层尘土，抽一本尘土飞扬，扑了一头一脸。管不了那么多了，我激动得头晕目眩，匆匆挑了几本跳下来，可能是太激动了，跳下来之后碰翻了凳子。凳子"哐当"倒下，首先惊动了睡午觉的白猫，它跳起来就冲到西屋，"喵呜"一声惊叫，紧接着我姥姥也冲过来，看我手里拿着书，她火冒三丈："上次那几本你弄到哪里去了，又来拿，快给我放下。"

我见大事不妙，抱着书就跑。我姥姥在后面追，一边追一边喊："你把书给我放下，这玩意儿有什么好玩的，都糟蹋了。"

我才不会站住，我从小就跑得飞快，没有一个孩子能追到我，别说我姥姥这个小个子老太太了。她果然跑了几步就不追了，喘着粗气望着我发狠："死丫头，你有本事别再来。"

我肯定是没本事，但是现在有本事跑远一点儿，看完再说。

我姥姥一直不明白我为啥这么淘气，把书都偷走了。她有一段时间以为我拿去撕着玩了，我表哥就曾经把课本撕成一页一页的，叠一种男孩的玩具叫方宝，大家砸着玩儿。我不是拿去玩儿，我是看故事，可惜我跟我姥姥解释不清楚。

她留着这些书，也不知道什么心理。她不识字，或许是敬畏，也或许是想攒多一点卖废纸，能卖几毛钱。

在她的思维里，哪有小孩子爱看书的，还偷书看？但是她拿我没办法，过两三天，我又溜过去，摘黄瓜西红柿吃。她似乎也忘了书的事儿，我吃完了趁她不注意，就又找机会再战西屋。

用这个方法，我把我老舅一直到初中的语文课本和《美术》都偷出来了，后来又偷《历史》。《数学》什么的实在无趣，就留给我姥姥看着吧。

那些书散发着年深日久的霉味与纸墨香，我偷出来就找个地方蹲在角落里贪婪地看，一定要看完才起来。

第一次看托尔斯泰的《穷人》和莫泊桑的《项链》，一口气看完抬起头，觉得心里翻江倒海，有什么东西按捺不住要从心里逃出来。一口气憋着，呼吸都不顺畅，但是又无处可逃，也无法表达。我试图跟同学朋友们解释一下这种感受，但是完全无法解释，后来我就学会自己消化。

怎么会有这么好看的故事，于是再看一遍，等起来的时候，发现太阳有点偏了，估计第一节课都上完了，灰溜溜溜进学校，果然被抓了现行，到国旗杆子底下罚站去。那是我人生中第一次罚站，真是无地自容，印象深刻。下次我就学乖了，再也不在外面看课外书看到昏天黑地，我都是拿到课堂上，用课本压着，老师讲课的时候我在下面假装看课本，偷偷看。

语文课本和历史课本都看完后，我就翻来覆去看《美术》。那时候的《美术》教材也很好看，选了许多世界名画，就这么看着也养眼。偶尔也在沙地上用小木棍学着画，一个乡下少年的渴望，得到了很大的满足。

○
龙游功

我小时候就有点胖，一边觉得有点丑一边又不爱运动，没事就在家里乱翻。有一天翻出一本武术杂志，上面介绍了一种武功，叫"龙游功"。

介绍里说，这种功夫来自道教，经常练习不但可以强身健体，还能减肥，减肥这俩字在我眼前一亮，那是我第一次接触到减肥。

原来肥是可以减的。太好了，如果我练会了，岂不是减肥之后很可能就成为武林高手？

杂志上详细画着这种功夫的演练方式，一排单线条小人儿，每个小人儿一个动作，跟着上面的图练就行了。一个动作一个动作熟悉，最后把所有动作连在一起，如行云流水般自如，你就是武林高手。

夏季傍晚，吃完晚饭后，暑热未消，房间里热，这么早睡觉也是睡不着的。院子里有一棵木槿树，花朵开满枝头，又有蔷薇，小院子里清香阵阵。树低下铺一张凉席，一家人或躺或坐在凉席上，一边摇着蒲扇赶蚊子，一边说说笑笑。为了省电，也为了不招虫子，往往也不开灯，那些小虫子太贼了，哪里亮就钻去哪里，也没有眼睛，动不动就撞到人的脸上甚至眼睛里，会很疼。如果不开灯，就省了这些烦恼。

　　夜晚安静得很，半弯的月亮挂在天空。乘凉时偶尔也会切几片西瓜放在旁边，我爸会讲一些妖狐鬼怪的故事，有的故事每天都重复一遍，他掌握的故事实在是有限，但是一家人也听得津津有味。有时候就不讲故事也不说话，一家人并排躺在凉席上，枕着自己的手臂，看天空，看星星，看月亮，看天空如此浩渺深邃，思考星星月亮明明悬在空中，到底为什么不掉下来？爸妈分别在两边，我们在中间，四周漆黑一片，但是感觉很安全，就算是怪兽来了，也有爸妈在旁边守着。

　　我很喜欢每天这样的惬意时光，但是那段时间我被"龙游功"吸引了，我觉得我不能再贪恋这样的家庭温馨时刻，我要找机会练功，减肥。白天不敢练，怕羞，怕被嘲笑，夜晚全家人都在院子里乘凉是个绝好的机会。于是我在凉席上逗留一会儿，就找借口溜进房间了，房间里开着一盏很小的灯，昏暗，人影憧憧。我把那本杂志拿出来在凳子上摊开，飞快站好姿势，低头看一个动作，记住，起来练习，练完一个动作再学习第二个。有时候刚摆好姿势，我妈就在外面叫了："你一个人进屋干啥呢？"

我赶紧收势，胡乱将杂志塞起来，做贼一样走出房间，若无其事地说："进来喝口水。"

　　这样就没法练下去了，把杂志藏起来，一边出去和他们坐在一起，一边在心里默默记着刚才的动作。

　　"龙游功"顾名思义，模仿的是龙的神态动作，动作中有很多都是双手合十，身体像蛇一样扭动，一边扭动双手一边高举，从脚那里举到头顶，一套动作就完了。

　　为了尽快练成气候，我每一个动作都力争做到位。双手合十向脚下的时候，同时又要扭动，十分难受，一个动作下来，再加上天热，往往已经大汗淋漓。

　　"龙游功"其实没有多少招式，好像只有二十多个动作，我凭着每天晚上这样断断续续的偷摸练习，渐渐能记住整套动作，不用再看书了，于是偷练就变得简单一些，抽一个空儿，或者一家人都不在房间，或者晚上乘凉，急急忙忙摆开架势把整套动作打上一遍，后来竟然随意就能把一套动作打一遍。我自认为已经差不多是武林高手了，也差不多算减肥成功了，整天自信满满，神采飞扬，跃跃欲试跟男孩子挑衅，希望打一架之后一举成名！

　　但是这种功夫的招式动作我一直觉得太丑了，飞扬不起来，不够帅，就一直隐瞒我是高手这个事实，只要有机会就赶紧练上一遍。后来我不满足只会这一种功夫，又练了一套剑法。剑法难一些，一个夏季过去了，我才只会一套动作，就是这一套动作（三招儿）我到二十多岁还能练下来。

练了很久，还是有人说我胖，不禁对这门功夫的减肥功效产生了怀疑，又有一次出去打架，输得很惨，迁怒于"龙游功"——什么功夫，既不能打架也不能减肥，我为什么要牺牲那么多好时光来练习呢？可是此时已经是秋天了，晚上夜幕拉下后，院子里夜凉如水，露水很重也很凉，木槿花也不再开，树上的叶子都快落光了。树底下的凉席收起来卷好，放进了储物柜的最高层，一家人闻着花香乘凉的好时光，要等明年了。

我暗暗想，明年再也不偷偷溜进屋练功了，我要躺在凉席上闻花香，看月亮，听故事。

放电影

　　放电影的不知道多久来一次，他们完全没有规律，有时候半年内突然来好几次，有时候一年也不来一次。在你快要淡忘这件事的时候，突然有一天，干枯的河道里来了一辆车，暮色中支起了宽银幕，两个人正搬着投影仪在后面调试，各种机器摆了一堆，又新奇又冰冷。

　　我们立刻激动到晚饭都吃不好，一个个奔走相告，将要放电影的消息传递出去。其实大人早就知道了，放电影的一来，村干部闲来无事就到处通知："放电影的来了啊，晚上在河道里放，都去看啊，都去看吧。"

　　只是没人专门告诉小孩子而已，小孩子在他们眼里，并不算完整的人，不值得郑重通知。

　　根本没人问演什么片子，演什么看什么，只要放电影的来了，只要他们能让银幕上有人走动和说话，就足够让人开心了。

别的村子听到了风声，也会赶来看一场电影，这样的时机太珍贵了！他们需要来得更早，很多人提着干粮，老早就来等着了。因为这个村子到那个村子，往往要翻山越岭，看完一场电影，再翻山越岭回去，时间很久，又来不及吃饭，会饿。

我们则老早提着板凳来占地方，家人没有来的，画个圈圈就行。你一个人坐在圈圈旁边，别人就知道了，自动让出那个圈圈。比较好的小伙伴腻腻歪歪挨在一起，一定要想办法排斥一下别人才行，这样才显得两个人关系好，不打架。

吵吵嚷嚷中，电影总是比说好的时间要晚一会儿才放，等投影仪的光束打出来，银幕上出现了一个画面，整个场子就不出声了，众人鸦雀无声等待电影开始。

大人表现得很淡然的样子，眼角都是淡淡的。他们从小就这样看电影，习惯了，没有新鲜感了，真是见多识广。小孩子不会掩饰，兴奋全写在脸上，不断扭来扭去。

大家都集中在河道里，总是会拥挤一些。

外村的人很识相，没有一个向前面挤的，都默默站在最后面。他们太远了，又不方便带着凳子，也有席地而坐的，但是坐下就看不见，只好又站起来，累却没有怨言。

我的第一场露天电影，看的是《五郎八卦棍》，既有爱国情，又有武侠情，我们看得热血沸腾，个个都激动得不行。可是我妈没看一半就嚷嚷着要回去睡觉，她不爱看武打片子，又劳累了一天，她想叫我们一起回去，觉得大晚上把小孩子留在外面太不安全了。我怎么能回去呢，这可是电影啊！

于是我说了大话，我说我等看完可以跟小伙伴一起回去，给我留门别锁就行了。那可是我第一次晚上自己回家，我妈犹豫了一下，看看旁边那么多人邻居也都在，就同意了。我妈走后，我把板凳向旁边的小燕子移了一下，表示了亲近，可是她有妹妹在，她并不孤单，我一边津津有味地看着电影，一边觉得有点孤单，怎么有种被世界抛弃的感觉呢！

电影好不容易放完了，大人已经走了一半，剩下的大多数是孩子。我们一人提着一个小板凳，恋恋不舍地看着人家收拾器具，大宽银幕收起来。再回头猛然发现身边的人越来越少，再不走就没有伴儿了，于是提着凳子回了。秋天的晚上，风已经带着寒意，树叶子"哗啦啦"作响，一听就是枯萎了的声音。我尽量找话题跟同行的人说话，可走着走着就真没小伙伴了，我们家住在村子边，人家走着走着就都陆陆续续到家了，剩我一个人的影子孤单又沉重。也只能硬着头皮走，深夜里的大街上，一个孤单又小的身影跟跟跄跄走着，好在街道的另一头还有影影绰绰回家的人，虽然方向是相反的，也总算是有人啊。我开始慢慢走，总觉得身后有什么东西跟着我，但是回过头，就只有风，于是就跑，想象着自己是杨五郎，棍法了得，凳子舞起来也可以杀人，胆子就大了一些。

快走到家门口的时候，不但身边没人，身后也已经没有人了，整条街就剩了我自己，天上的月亮倒是陪着我，但是它把我的影子拉得好长。我正胆战心惊地走着，忽然前面有一家人家的后房檐那里，亮起了一束光。我一惊非同小可，下意识站住了不敢动，平复了一下心情，心想也许是我眼花了，那么黑的草丛里怎么会有光呢？正安慰着自己，那束光居然开始晃起来，左一下，右一下，上一下，然后又隐匿在草丛中。我真的快吓死了，带着哭音喊："谁在那里？"

没有声音，光束却又射过来，这次我恢复一点理智了，感觉到光束的熟悉，好像是手电，那么大晚上谁会蹲在草丛里玩手电呢？完全不可能，莫不是我爸每天晚上讲的故事中的"鬼"吧？想到故事，我忽然有了点勇气，在我爸爸的故事里，遇到"鬼"只能求助自己，因为大部分"鬼"其实是怕人的，你强他就弱，你弱他就强。

我学着故事中的人，弯腰捡起一块石头扔过去，石头打在后房上，"啪"的一声，什么也没有出现，我马上又捡了一块更大的扔过去。

这次草丛里传来一声惊叫："哎哟，你这孩子怎么不知道害怕。"

一个人影站起来，打算走到我身边。居然有个人影站起来，我胆子都快吓破了，撒腿就跑，那个人影在后面喊："我吓唬你玩儿呢，你看看我是谁？"

我哪里敢回头看是谁，一路飞跑进门。

家里还是柴木，我一把将门推开，反手一推就算关上了，飞一样旋进了房间。让人失望的是，我妈他们睡觉了，连灯都没有给我留一盏，一点也没担心我。

我思量着我没有锁柴木，那个影子会不会跟进来，就赶紧逃到床上去睡觉了。那个人没有跟进来，但是门一夜没有锁，我第二天挨了一顿骂。

那个影子是谁我一直没搞明白，不过后来想了想，肯定是哪个人看完电影没回家，蹲在草丛里打算吓唬人呢。没想到只劫到一个孩子，孩子还用石头砸了他，这个人够无聊，也够倒霉了。

这场电影看得，结尾十分忧伤，因为我家人真的很放心我晚上一个人回家啊！

月出

○

外面的月亮是一轮圆月或者一弯半月，山里的月亮是一个球，是一个整体，是有立体感的；是挂在山尖，行在山间的；是更美的，也是更静的。

山里的月亮怎么形容呢，日子在月升月落中持续，会觉得很平凡，但是走过许多地方，看过许多地方的月亮后，山里的月亮就不一样了，就总想着回山里住，在晚上隔窗看月亮，像看到了许多幻相一样看月亮。

夜静春山，唯有月出。

春夜的时候，月亮的光晕非常温柔缠绵，亮，但是亮得柔和，远处的山本来在太阳下山后就消失了，暗沉沉一片。月亮升起来后，山的轮廓就又出现了，隐隐约约，犹如被淡墨勾勒了一下，只勾出轮廓的线条，整个山的影子都被洇开了，所以有了半遮半隐的婉约之美、国画之韵。

山峦起起伏伏中，月亮好像就挂在某一处山尖上，走着走着，又移开了，悬在两座大山中间，空空茫茫，让人替它担心，想着会不会一下子掉下来摔碎，有谁去接一把就好了。

月亮最亮的时候，往往很静，草木悄悄生长，人们已经进入梦乡。真正欣赏到绝美月亮的，往往是赶夜路的人，茫茫山野，又静，又空，又无助，忽然一抬头，一轮圆月挂在天空，对着你笑，于是一下子就有了主心骨。月亮只是一个星体，但是我们看它，宛如神明，也像知音。

春天的月亮柔美动人，《春江花月夜》中有水，有花，有月，水波如画，花香月暖，江天一色无纤尘，皎皎空中孤月轮。

吴文英写得更好：落絮无声春堕泪，行云有影月含羞。春天的月亮是温情的，浪漫的，文艺的，青涩的，情窦初开的。

秋天的月清冷孤寒，下过雨后，一天的云都散了，天空明净如洗，连星星都隐匿了。淡淡的一抹山影，浩瀚的天空孤月无声，如一颗含在天空的明珠，有一点点冷，也有一点点疏离。因为天更高了，产生了距离感，时光随着清月缓缓流动，无声。

八月十五中秋节，是一年中月亮最圆最大的一天，月之美达到顶点。到了晚上，一轮满月，万顷光辉，寒露如珠，天宇沉沉。

美到极致，于是人们受不了这样的美，古代的人就开始祭月，一直到我小时候，奶奶还会在这一天举行祭月仪式。

明月高悬，秋意朗朗，夜色如水，白露生凉，秋天的月亮是冷的，又冷成诗，冷成一段凝结的愁绪。这样美的景象，奇美又充满神秘，在文明与科学还没有出现的远古时代，高高悬挂在天空的月亮是神一样的存在，于是人们认为月亮不属于人间，却一定主宰着人间的福祸顺遂。

月亮升起来之后，奶奶在院子里摆出小桌子，将过节的瓜果梨桃摆好，喷喷香的月饼也要先供给月亮，否则谁也不能吃。

祭月仪式开始了，我们悄悄躲在门后不敢出声儿，又好奇又馋，月饼一年只能吃这一次，还得等月亮先吃，凭什么！

奶奶有个香炉，恭恭敬敬点燃三根香，然后跪下磕头，嘴里念念有词，不知道她说的是什么。

此时天色是朦胧的，巨大的月亮映照着人间，山与树都现出了轮廓，人的影子也被拉得格外长。

祭月仪式很简单，磕完头，许完愿，供桌撤下去，我们就可以开饭了。真正的餐桌支起来，中秋的晚餐是最丰盛的，一道道菜端上桌，最后隆重出场的是月饼。这天的晚饭，月饼代替了主食，就着甜甜的月饼吃一桌子菜并不协调，但是也吃得津津有味。

也不知道什么时候起，祭月慢慢退出了中秋节，但是中秋节的月亮一直美着，圆着。

王建一句"中庭地白树栖鸦，冷露无声湿桂花"将中秋夜的清澈之美写到淋漓尽致，月光如白银，照亮了庭院，能看到栖息在树上的鸟儿，而刚刚降下来的露水，一滴又一滴，滚落在花瓣上，将娇美幽香的桂花花瓣都打湿了。

春天的月亮特别大但朦胧浪漫，秋天的月亮小一圈，但是白亮。

月永远是静态的，大地无声的时候缓缓升空。山里的月亮，不需要陪伴，总是悄悄的，在你入睡之后升了起来，纯粹就更纯粹，忧伤就更忧伤，喜悦就更喜悦，所有的情绪都被月色放大。

月亮太静了。

王维写："月出惊山鸟，时鸣春涧中。"实在是太形象了，他一定在某个春夜，独坐春山碧水，感受过月出的一瞬。

月亮打乱了昼夜的规矩，它一出现，四野忽然昼现，就像白天又回来了，鸟能不害怕吗？于是"扑棱棱"飞起来，惊讶鸣叫了一回，鸟的叫声里肯定有很多疑问，只是没人给它们回答。

我没有在深夜的山中看见过月亮，但是和王维笔下的鸟有过同样的感受。

山里睡觉早，有时候半夜忽然清醒，突然被外面白亮白亮的夜色吓了一跳，有了时光错乱之感，慢慢平缓一下，见窗外映进一轮月亮来，天空澄澈如水，只为了映衬此时的一天月色，它行走着，有时候被山隐了一下，很快就钻出来。

《诗经》中很美的诗《月出》：

月出皎兮，佼人僚兮。舒窈纠兮，劳心悄兮。
月出皓兮，佼人懰兮。舒忧受兮，劳心慅兮。

月出照兮，佼人燎兮。舒夭绍兮，劳心惨兮。

月出，明亮，洁白，普照，天上之美，人间之灵。

有人说，扬州的月亮是千年前的月亮，几千年时光从未改变。那么山里的月亮就是亘古的月亮，年年岁岁，月月年年，浩瀚清明，洁净如常。

○

铜

钹

曾经山里的孩子们，没有玩具这样的概念，就算是去到小镇上，也找不到玩具。花钱买东西专门来玩儿，哪里有这样的事？真是闻所未闻。

喝完酒的酒瓶子不能玩吗？松树落下的松球不能玩吗？草丛间的蒲公英不能玩吗？小溪里的石子不能玩吗？

这些都玩腻了之后，我就盯上了我奶奶的柜子。我家有一个沉重的水泥地柜，这种柜子都是在原地打造的，属于量地定做。柜子长方形，大概和房间一样长，半人高或者更高点，死沉死沉的，别说抬出去了，连挪都挪不动，一间房子一只柜子，比保险柜还保险些。

柜子上的盖子是实木的，盖子落下，落了锁，这个庞然大物就成了一个天然的保险柜。

柜盖子上可以摆一些生活用品，镜子香脂瓶瓶罐罐什么的。家家都有这么一个柜子，它就像一个沉重的巨人躺在地上一样，所以也叫躺柜。

躺柜其貌不扬，灰灰的，但是里面往往装着一个家庭的全部财产。钱可以放里面，不穿的衣服被褥都放里面，所有你认为重要的需要收纳保存的东西，都可以放在里面，它的容量十分惊人，保密度、保险度都惊人。

我奶奶的躺柜就更惊人了，那里面收藏着很多宝贝。她掌握着躺柜的钥匙，平时无论如何也不打开，她是我们家最权威的人。

家里来客人了，需要拿一套杯子，或者换季需要拿衣服收衣服了，或者过年需要找布料做衣服了，躺柜就会打开一次。

这个机会十分难得，此时，我总能把握机会一步就蹿过去，扒在柜沿儿伸头向里看。柜子里散发着一股樟脑丸的气味，那是过年的新衣服所特有的味道，我的新衣服往往提前一个月就买了，就一直被奶奶锁在这里，非要到了大年初一早上睁开眼睛，衣服才能乖乖到我的手里。

奶奶试图把我的头从柜沿上挪开，她根本做不到，我一动不动就待在这里。这柜子平时难得开一次，开一次必然有好事。再说了，我知道奶奶这柜子里收藏了很多神奇的东西，这是我的探险之旅，绝不会放过这个开柜的机会。

我惦记的宝贝包括：一个紫金香炉，几函套古书，一些字帖，几个青花瓶碗，一对铜钹，两枚玉钗，一枚玉坠，一个黄铜笔架和无数清朝的铜钱。

我家这些宝贝都是祖上传下来的，据说我们家祖籍本是山东，诗书传家，后又经商，是当地的巨贾。财富一多就招摇，招人嫉恨，加上家里人没啥远见，整个家族有钱而弱小。

后来家被抄了一次，被抢了两次，族人们为了保护财产也为了活命，将家产分了一下四散逃亡。我们这一支逃到了某市，结果还是没有逃过灾祸，在那里，又被土匪连续抢劫，家产几乎被抢空。土匪没有文化，不认识字，所以古书旧帖都扔下了没有带走，我们家就又带着这些东西奔向更隐蔽的小山村，躲开了恶人，财富也丧失殆尽，就开垦荒地，做了农民。只有这么一点都东西，证明祖上曾经富过。

家族史真真假假，但是紫金香炉非同小可，我爸说底部的落款一看就是出自大家之手，但具体是谁，也无从分辨。我爷爷对这些东西没有认知，这枚香炉的命运和青花瓷胆瓶一样，也被我爷爷八百块钱卖给小贩了，三十年前的八百块钱，也是相当贵重了。俗话说，金银不富第一家，我爷爷丝毫远见也没有，也注定了这一辈子过苦日子。

紫金香炉我摸都没摸过，太贵重，我也不感兴趣。但铜钹是我的玩具，这玩意儿除了吵人没毛病，是玩不坏的。只要奶奶一开柜子，我就要玩铜钹，不给我我就不走，哭闹不休，或者就把头伸进柜子让她不敢盖盖儿。她每次都没办法，把铜钹从里面掏出来，解开套子，允许我玩一会儿。

铜钹也叫镲，是一枚圆圆的打击乐器，就是两个圆铜片，中心鼓起成半球形，正中有孔，穿着红色的绸带，为了握的时候更牢靠。铜钹拿的时候一手握一片，两手相碰，"咣"一声，声音旷远嘹亮，堪比唢呐。

和耍猴的带的那个铜锣很像。铜锣是一手提着，一手有个棒槌来敲，敲一下说一声："老少爷们大家好，我们初临贵地……""咣——"接着说无非是我们为了给大家带来欢乐，给人间带来温情，就训练了一只猴子给大家表演，如果表演得好呢，您就给捧个钱场儿。

声音一模一样。

还有唱戏的也敲钹，露天舞台简陋得很，演员们涂着红红的脸，等旁边的乐师呜里哇啦吹吹打打中走上舞台，开始咿咿呀呀唱起来，铜钹偶尔冲破这些乐器，"咣当"响一声儿，吓人一激灵。

吹鼓手里面也有铜钹的身影，这东西一敲起来，四里五村都能听见，太响亮了！

钹特别像两个草帽。

我家的两个铜钹不大不小，手柄上系着大红的绸子，方便拿，左右手一碰，"咣"的一声脆响，惊天动地。

我拿着两只铜钹，像是得到了传国玉玺，眉开眼笑满屋子满院子打，左右手使劲一碰："咣咣咣"。我奶奶嫌我太烦了，将我撵出去，我就到村子里打"咣咣咣"，一路收获孩子们的艳羡和大人们的白眼儿。

唱戏、耍猴都是在冬闲的时光，旷远的冬天，所有声音都没有遮挡，能传得更远，更能吸引人，增加热闹气氛。

我敲这个可不分春天夏天冬天，什么时候到手我就拼命敲，变本加厉敲。

看我叔叔正蹲在那里无所事事，我悄悄握着两片铜钹走过去，在他耳边猛然左右手一碰："咣——"我叔叔吓一个跟头，估计半天耳朵都不好使，木木的，等他反应过来，站起来就向我冲过来。我觉得大事不好，撒腿就跑。

每次都是敲得太烦人了，又被我奶奶没收，可是给我玩儿又不让我敲，我拿着钹干啥呢？它本来就是让人敲的啊！

这些年家里的东西被我爷爷卖得差不多了。这对经历了无数岁月的铜钹，不知道命运如何了，连我奶奶的躺柜都没有了，它又能何去何从呢？

第五章

村庄奇谈

会发光的大蛇

　　我离开故乡太多年了，多到我都长大，快要变老了才回来住几天，像度假一样，其实也是度假的心态。

　　回来后，无所事事的我行走在茂密的小树林间，碍于退耕还林后上山的不方便，很少上山了。我在成片的野花面前大量拍照，我为早上跃然而出的太阳欢呼，我为夜晚皎洁的月亮写诗。我属于故乡，却也难融入故乡，它在我眼里，天然的美胜过对过日子的思考，可是生活不是这样的，生活是具体落实的，所以我注定无法融入了。

　　我叔叔就总爱帮我回忆，走在进村的大路上时，他指着两边的大树跟我说："看见这几棵树没有，想当年，有一条巨大的蟒蛇就生活在这里。"

　　愉快地走在树荫中的我立刻浑身一紧，身上汗毛倒竖，一阵阵发冷。我叔叔从小就爱捉弄我，他经常鼓动我偷偷跑出去玩儿，还教我怎么转移父母的视线，教我跑得远一点，要玩一天再回来——好不容易逃出去了，回来太早不划算！我很听他的话，想个办法就跑走了，傍晚溜回家，发现我爸拎着笤帚正在门口等着我。还有一次，家里来了陌生的客人，我叔叔说："你看到没有，这个人是来买你的，你爸爸妈妈已经谈好价格了。"我立刻吓得脸色苍白，哇哇大哭，浑身发抖。他躲在旁边笑，后来他被我爷爷骂得狗血淋头也没长记性。

我叔叔比我爸小很多岁，比我大十几岁，算小叔叔，所以这么淘气。

但是这条大蛇的事，他说是真的。

蛇真是巨神秘的动物了。长得恐怖，冷血，爬得飞快，搞不好还有毒。

忘记在哪里看过一个传说，某地有一种神奇的蛇，遇到人就竖起来挡在你前面说："谁高？"（可能是蛇精）你要是不如它高它就咬死你。所以那个地区的人出门都带着扁担，遇到蛇就举起扁担，然后蛇看你那么高，它就气死了。

我叔叔口中的蟒蛇，没有这么萌，它是恐怖与神秘的化身。大蟒蛇通身金黄，谁也没有见过它完整的样子有多长，在口口相传中，它是盘在树上的，从树根到树梢，它似乎是个无限长的存在。

很多年以来，大蟒蛇都是一个传说，经常有人说回村或者出村的路上真的见到了它，就那么盘在树上一动不动，傲世着世界。可是等听说的人再跑去看，大杨树上空空如也，只有树叶被风吹动的"哗啦啦"的声音，哪里有大蛇的影子。

对于这条蛇的存在，有人说是传说，有人说是灾祸，还有人说它是小村的保护神，每个人经过这里都会心悸，既怕看到，又想看到。

一个暴雨天，有村民进山未归，到处找地方避雨，可是山里没有遮挡。远远的，他发现有一处闪闪发光，在黄昏的混沌中，这个人向暴雨中的发光处走去，走过去一看，发现是一条金黄色的大蟒蛇，盘成一团在那里，有一个锅盖那么大，而且在暴雨中，昏天黑地的时刻，大蛇的身体居然在发光，还一闪一闪的！

这一惊非同小可。

这个人转身就跑，也不避雨了，一口气奔回家里，语无伦次地描述了自己的所见所闻。第二天很多人都跟这个人去了山上，到他发现发光巨蟒的地方，却发现那里空空如也。大雨过后的山间，全是新绿和泥泞，哪里有什么巨蟒的痕迹？

那么神奇的蟒蛇，怎么会一直停留在那里呢？很多人都说，这就是进村路上偶尔现身的那条巨蟒，在雷雨天气渡劫飞升呢，搞不好已经成仙，哪里还会留在荒山小村里？

说来也奇怪，从那之后，再也没有人见过那条常常盘在树上的巨蟒，它真的消失了。

我胆战心惊又无限神往地盯着那棵树，树是大杨树，已经有年头了，粗壮沧桑。一排又一排的树疤，像一双双眼睛，排列在身上，它用这些眼睛审视着无知的人类。

大蛇的故事，想必老树是知道的吧？只是，它永远也不会说。

原来他是兽医

一个村子只有一个医生，看起来一点也不专业，何况他长得高高大大，一米九的样子，又黑又凶。他看病也简单粗暴，基本上谁病了他都给你打一针，打"庆大"。那些年很多对"庆大"过敏的小孩死于非命或者致残，还好我们小山村没有出过事情，每个孩子都不过敏，太幸运了。

那时候针筒不是一次性的，谁来了都用同一根，针头呢，在消毒水里消消毒而已，也没有一次性的。所以针筒粗大，针头也很粗，光看一眼就吓得颤抖了，每次得点小病就觉得世界末日到了，病没那么可怕，医生太可怕。

生了病，尤其是发烧了，无论怎样反抗，也免不了被父母押送到医生那里。他也不穿白大褂，黑乎乎地向你走来，路过门框要低一下头，他太高了，不低头会撞到。

大概是因为他太高大，我不叫他叔叔，就直接叫他大叔，"大"字发音重，强调一个大。

他的家就是药房，一个房间住人，一个房间做饭放杂物，一个房间放着一些架子，上面都是瓶瓶罐罐的药，药的种类少得可怜，都落着薄薄的尘土。药只是苦，并不可怕，真正可怕的是那一排排小小的长方形盒子，扁扁的白色纸盒，上面印着蓝色的药名，盒子里面装满了小小的玻璃瓶，瓶子全封闭，满满都是药水，一盒六个。只要医生转身打开了小盒子拿出一小支药水，我就眼前一黑，完了，逃不过打针的命运了。

小药瓶看起来十分脆弱，医生拿着针筒瞄准，突然发力，斜斜一针筒打出去，瓶子嘴就应声落地。他再拿针筒安装针头，长长的针头伸进药瓶里，一下子就把药水吸上来了，吸完之后，推动一下针筒塞，力量控制得当，会有一两滴药水冒出来。这预示着一切顺利，那管药水会顺利注入你的屁股。

医生转身去一个长方形的铁盒子里拿出一炳长长的镊子，在一个小瓶里夹出一枚酒精棉球，和你家长说说笑笑间，就向你走来。

我的肌肉和神经一起绷紧，挣扎哭闹，甚至狂喊："我没病，我一点都没病。"

一个小孩哪里斗得过两个大人——还有一个那么大的大人，最后的结果就是被顺利摁倒，趴下，脱下裤子，冰冰凉凉的棉球落在肌肤上，马上就打了一个冷战，人间也太可怕了。

我往往拼命呼喊，但是呼喊能有什么用，被骂一顿的时候多，就非常无助地哭，棉球落下来就开始哭："啊，疼啊，太疼啦！"

完全没有共情能力的大人会笑起来，一边笑一边嘲笑："还没打下去呢，有什么疼的。"

但是擦棉球真的疼啊，心理感受到了疼，身体自然也感受到了。

等针头真的落下来，尖利的钢针一下子刺穿皮肤，药水在推动下缓缓进入肌肉，那才是真的疼，刺穿的尖利的疼，药水在身体里横行的疼……屏住呼吸，此时哭叫也没有用，就耐心等待一针筒药水打完吧，毕竟扎都扎进去了。

拔针的那一下更疼，幸好是拔针，一般也就忍了。

我的一个小伙伴小玲子，后来我们在一起交流打针的疼痛时，她传授经验说："我每次打针的时候都不哭。"

我们羡慕地睁大了眼睛："打针都不哭，难道你不疼吗？"

她说："我每次打针的时候，就使劲咬嘴唇，或者用一只手掐另一只手，用点力气，比一比看哪个更疼。"

真是好凶狠的办法。我并不敢尝试，何苦呢，针打完了，嘴唇也被自己咬流血了！

还有一个伙伴，就是经常打我的强子，他最暴脾气，每次被大人按住了要打针的时候，他就疯狂骂人，把医生的祖宗八代都骂一遍，他觉得医生太坏了。这样做的结果就是，挨了一针之后，他还会挨一顿打，刚打完针的屁股又被踢两脚，想想都疼得慌。

打针扎的地方不对，毛细血管破了的话会流血，没扎到厚厚的肌肉上更惨，屁股会肿起来，肿成一个大包，一碰就疼。家长毫无怨言地用温热的毛巾不间断给敷，没有人想到过是不是针扎的位置不对，大家对医生十分崇拜和信任。

打针不一定有多疼，但是你知道那根针马上要落下来并且要扎进你的皮肤，中间这段时间太恐怖了，恐怖等级十级。

那个医生的弟弟在一次事故中去世了，他们一家就因为伤心搬离了村子，从此小村就再也没有过医生了。有人生病都走出深山十五里路，到镇上去看，强子大概就是因为犯病后距离医院太远，他妈背着他，没有走到地方就不行了。

赤脚医生是一生的噩梦。

更可怕的是很多年之后，后来我们家也搬家了，又遇到了那个赤脚医生，他也搬到了同样的地方。此时我才知道了这个天大的秘密，他其实是一名兽医。

比打针更恐怖。

○ 拍花子的来了

　　我叔叔从小身体不好，特别弱，三天两头吃药打针。花钱不算啥，但是怕他病态缠绵，一辈子那么长，谁不想有个健康的身体呢？

　　那几年，我爷爷奶奶到处请医生给叔叔看病，什么人的话都信，希冀着奇迹出现，不知道拜访了多少医生，吃了多少草药。

　　后来，家里就来了一个骗子，当然是很久以后才知道那是骗子的。

　　这个人号称是神医妙手，什么疑难杂症都能治好。他长得灰头土脸的，圆脸小眼睛，神情猥琐，说话做事都古怪。

　　作为一名江湖游医，他四海为家，哪里需要就留在哪里。我叔叔需要他之后，他就住到了爷爷奶奶家。他自己住一间房，每天三顿饭，好吃好喝招待，没事就上山采采草药，回来用药锅在院子里熬呀熬。满院子都是中药的清苦味儿，连鸡鸭都躲出去，包子也越来越不爱回家，因为家里味道太奇怪了。

我叔叔还小，没有拒绝权，就每天都喝一碗药汁。住在家里的神医治病，自然不会只喝药这么简单，他还给我叔叔扎针。他有一个黑乎乎的皮套子，套子上有年深日久的裂纹，像一个个小伤口一样排列着。打开套子，里面有一排银色的针，这些针是用来针灸的，拿起一根，找准穴位，然后两只手指捏住针捻啊捻啊，慢慢让针旋进穴位里面，每一根针都要扎进穴位才是真正的治疗，一排针在手臂或者后背颤抖。据说扎准穴位的话是不疼的，但是那针太可怕了，老长老长的，扎进肉了，怎么会不疼？

我管不了那么多，反正也不扎在我身上。我叔叔整天欺负我，给他扎针我也没什么意见，但是那个医生太可怕了。

我非常怕他，就算家里所有人都温和地告诉我，他是一个好人，医术高明心地善良什么的，我还是怕他，怕到见到他就发抖的地步。

熬药也不过一天熬一次，扎针通常都是好几天扎一次，大多数时候，此人无所事事，蹲在巨大的山楂树下，看着远处的山发呆。他发呆的样子更可怕，目光迷茫分散又空洞，无法落在一个点上，这样的目光就像一口深井，能装下许多故事。

我在远处暗中观察，很少走近他，但是如果爷爷也在家，他俩并排坐在树底下抽旱烟的时候，我就敢走近了，靠在爷爷怀里，闻着辣人的汗烟味儿。我无时无刻不在观察他，又在防着他，只要家里没人，或者他身边没人，我撒腿就跑。他总是能迅速逮到我，一把将我抱起来，举过头顶。我挣扎在半空中，用腿踢他，他也不怕，遇到人了就哈哈大笑，觉得我挣扎得很好玩儿。谁也不知道我在空中的时候有多恐惧，我一直觉得他就是想把我扔到地上摔死。

好不容易在哭喊中把我放下来了，下次依然这样，如果遇到我爷爷，十有八九会救我。我叔叔就很坏，我越挣扎他越笑，我叔叔说："把你送给他了，他是拍花子的，专门抓小孩，等他走了，就会把你带走。"我就真信了他的话，那一天时间都被恐惧箍住了，连话也不敢说，一个人默默坐在角落里流眼泪。我想我可能马上要被这个拍花子的带走了，不知道带到哪里去，可是我也舍不得离开家呀，哭了两天，我爷爷发现我的反常了，问我怎么回事，我苍白着脸说了，并表示我很害怕被带走。

我爷爷铁青着脸对着我其实是对着我叔叔说："你明天别来了，回你自己家去，等你叔叔死了你再过来！"

我爷爷可能真是气坏了。

我从此真的不敢去爷爷家了，我爸妈去地里干活了，我宁可自己在小屋里玩儿。一个人跳到地柜上，把上面的东西翻个遍，还摔了一个瓷的笔筒。笔筒我也不是失手摔的，我当时就是站在高高的柜子上，想试一下从这样的高空把瓷质的笔筒扔到地上，会有多大的响声，确实声音很响亮很清脆。这样的事我经常做，有一次我爸新买了一顶很贵的帽子，宝贝似的不舍得戴，我趁着没人就把帽子摘下来扔进火盆里了，我是想看看帽子能烧起多高的火苗儿。

笔筒碎得四分五裂，我本来可以逃到爷爷奶奶家躲着去，但是因为那个怪人在，就乖乖留在家里接受惩罚了。

反正我为这种事挨打无数。

后来这个怪人居然跑到我家里一次，我一个人在家，他像往常一样来抱我，这次没有举过头顶吓唬我玩儿，而是抱着我出门。我自然是拼命挣扎，幸好我妈突然回来了，把我抢了下来。

几个月过去了，我叔叔的病一点也没有见好，但是他都在家里住了这么久，免费吃住还招惹孩子，吃得也挺多，我爷爷终于觉得不靠谱了，就把他赶出去了。

这个游走四方的骗子，到底偷了人家一个孩子跑了，被捉住后，送进了公安局。

这些都是听别人讲的，是不是真的也没有办法求证，但他肯定是一个骗子，我记得他的眼神儿，那种眼神儿不会是善良的人。

还有他每次逮到我都要抱的那种神情，我想他做游医，唯一感兴趣的应该就是人家家里的孩子。

一座神秘的坟

沿着南水泉背依的山再向上走，一直走到半山坡，
那里有一片平整的土地，方圆几里，荒着，有许多树，
也开着许多紫色的花，草长得葳蕤茂密，有的地方能没
过脚脖子。很少有人到这里来，这是半山腰，除了树和
野花野草也没什么，没有任何可吃的东西，没有榛子树，
没有杏树。绕过这块平地走一条小路，却能迅速上山，
山上才是丰富的矿藏，想要什么都有，这里连玩都不好玩。

但是这块几乎隐形的空地，却有一座孤坟，年代太
久远了，似乎也没人来祭奠，坟头长满了草，也低矮了
一些。坟的两边有两棵粗壮的松树，应该是特意种上去
护坟的。这坟跟村子里其他的坟也不太一样，我们这里
的坟都会修一个低矮的小门，平时关着，烧纸祭奠的时

候把小门打开，在里面烧纸，摆放供品。最重要的是在这样的山区，烧纸钱很容易引发山火，关在小空间里烧了，完事门一关，火星也关在里面了，安全。

但是这座神秘的坟没有门，前后左右都一个样，所以人们偶尔提起来的时候，就会加一句："不知道是哪个年代的外乡人哟。"

人对去世的人有敬畏，谁也不肯多说什么。

我也有时候在那边玩儿，远远走过去，并不会靠近，知道得不多的知识告诉我，坟是可怕的，是另一个世界的人住的，不能招惹。

但是渐渐地，村子里有了另外的传说。

有人说这是一座将军坟，年代太久远了，失去了气派。立刻有另外的人来反驳，说这是故意将墓碑什么的都隐匿的，因为后人并不住在此地，怕立了碑遭劫，怕盗墓贼，索性就图个安静，啥也不要。

更老一些的老人讲，这座坟确实埋的是一个大人物，证据就是早些年的时候，安静的夜里，清明前后总有马蹄声凌乱而来，半晌后马蹄声又远去了，天亮了就有人看见孤坟处有填土烧过纸钱的痕迹。

后来这马蹄声又在深秋和七月半的深夜里响起过，都是祭奠而来。这神秘的祭奠引发了许多猜想，谁也没有看见过来的人什么模样，但是根据马蹄声能猜想一二，能骑着高头大马黑夜里往返祭奠祖先的人，必然是有权有势的人，穷人家哪里骑得起大马？穷人到哪里都是靠走，马多金贵，全村也就一辆匹马，伺候得舒舒服服，拉车的时候才用。

既然是将军坟，必然有宝物，于是有人开始打起了这座坟的主意，趁着夜黑风高把坟挖开了。等人们集体发现坟遭遇了破坏的时候，坟都裂了，露出一截黯淡的棺木，棺木孤零零裸露着，经受世间的风吹日晒，也不知道挖坟的人挖到了宝贝没有。

另外一个人见已经这样了，就将坟填平种了庄稼，从此这块平地有了一些人气。坟不见了，但是那两棵松树还在那里，像两个卫士，兢兢业业守护着主人。

坟没有主人，由着这些人折腾。

后来在这里种庄稼的人家里老人去世，他听说这座坟风水好，背依青山，紧邻南水泉这样一眼泉水，是宝地，他们家就起了贪心，就把自己家老人埋在了此处。孤坟的棺材无处放，也不能扔，就被他们就压在了下面。一处坟坑，等于埋了两个人两口棺材，可怜的孤坟主人，永远被压在了下面。

这样的奇葩埋法闻所未闻，但是孤坟无主，荒地也无主，谁也没有资格和权利去说什么。

那块地后来就更没人去了，庄稼也没种好，几乎没有收成，枯萎了一季，白白浪费了一季种子，大家都说活该。这样欺负一个死去的人，让人鄙视。所以那个地方，简直成了荒地，连野兔子都敢钻来钻去，反正也没人逮它们。

孤坟就这样消失了，成了另一座坟。好处是，年年有人祭奠了。

太姥姥遇熊逸事

太姥姥那个年代，没有节育，健康的女人会一直生一直生，生许多的孩子。孩子多了就不金贵，顾不过来，而且每一个孩子对于母亲来说都是拖累。于是这一生，女人只能无奈地围在孩子身边，养育，照顾，完全失掉自己。

太姥姥生了十几个孩子，长久的劳累和生育中，身心疲惫不堪。一个山村的女人，所有的时光都是日子和孩子，心早就麻木了，对孩子也很随意，所以那个年代的孩子，很容易就长不大夭折了。

据说我姥姥还是怀抱小婴儿的时候，太姥姥抱着她去走亲戚，为了绕近路，她要横跨一座大山。这种深山平时是没有什么人会来的，就算来，也是砍柴的男人们，他们结伴而来，结伴而返，遇到猛兽也有个照应。

渺无人烟的山里瘆得慌，好处就是到处都是宝藏，可以吃的覆盆子、山葡萄、金雀花、榛子，到处都是，药材木材干柴也很多。如果胆子大，这里会有太多收获，可惜很少有人如此贪心，都不敢来深山冒险。

但是既然来了，这么多好东西要采一点儿才好。

我太姥姥因为抱着孩子，手里又拎着走亲戚带的礼品，就没空去摘什么东西吃，山里静得荒凉，心里发毛。她走得很快，顺着一条几乎被高大树木遮蔽的小路走，走得很艰难。

突然间就觉得浑身的汗毛倒竖，心慌意乱，有经验的山里人都明白，这是遇到大牲口了，大牲口是山里人对野兽的称呼。

果然，没走出几步远，太姥姥就崩溃了。怕什么来什么，迎面走来一只巨大的狗熊，狗熊脸前有长长的毛垂下来，所以当地人叫它们熊瞎子。熊瞎子是山里最凶猛的野兽，又高又壮又凶，吃小动物，自然也吃人，无数关于熊瞎子吃人的传说，使人听了毛骨悚然。熊瞎子占据深山，是人类最害怕的大牲口。

小路很窄，只能容一个人过，别说是熊瞎子了，就算对面走来的是一个人，俩人也要迎面撞上。太姥姥慌成一团，很快又冷静下来，一人一熊就这么对视着，谁也没有出声儿，谁也没有后退。不知道熊怎么想，太姥姥是退无可退，搞不好她一动，熊就扑上来享受美餐了。

过了老半天，太姥姥心一横，心想今天这是走不了了，这样站在这儿，等天黑下来，就算不被熊吃，也会被狼吃，走不出这山里了。

于是她定定心，对狗熊说："今天我走亲戚路过这儿碰到你，我知道我们娘俩走不了了，但是我们能不能商量一下，我家里还有一堆孩子等我照顾。你要是今天一定要吃个人，这孩子我给你了，你放我走吧。"

说着话，我太姥姥就双手向前举着孩子，也就是我姥姥，打算送给它，可是熊还是一动不动，长长的毛垂下来盖住脸，看不清熊的表情。我太姥姥绝望了，带着哭腔说："你今天是一定要把我们娘儿俩都吃了啊，你一定要这么狠心，那就过来吃吧。"

我姥姥大概是预感到了身边的阴风阵阵，危险来袭，就在这时，她"哇哇"哭起来。婴儿的哭声在这深山中实在是太凄厉了，我太姥姥心说完了，这下惊动了狗熊，等死吧。索性把孩子抱回来，紧紧抱在怀里，心想死就死在一起，孩子奔我来的，我就保护她最后一次，吃就先吃我吧。

突然，黑压压的大熊转个身，走了。我太姥姥惊讶地看着它转过身，高大的背影又笨又轻巧，三两下拨拉开树枝，"窸窸窣窣"钻进深山里去了，山上的树木杂草晃了一阵儿，静止了。

山里又恢复了静寂，太姥姥如蒙大赦，紧紧抱着孩子就跑。这一路跌跌撞撞，但是一步都没敢停，一直跑到山脚下有人家的地方，她才突然全身松懈，瘫倒在地。

这个故事我听了无数遍，每次听的时候都会心有余悸。这件事太危险了，要是当时那只熊把我姥姥吃了，就没有我妈，没有我妈，也就没有我。

感谢熊。

老人说，其实所有动物都有灵性的，越大的猛兽越有灵性。我姥姥和太姥姥本来应该被熊吃掉的，但是熊发了慈悲心，见这对母子可怜，就放过她们了。

万物有灵，万物皆美。